SÚCUBO

IVÁN FERNÁNDEZ SÁNCHEZ

ISBN: 9798876361615

A mi hermano Rubén, por hacerme, aún sin saberlo, escritor y a mi esposa Santha, mi musa y la mejor compañera de viaje que uno puede tener.

AGRADECIMIENTOS

Mi especial agradecimiento a tres mujeres que me acompañaron y guiaron durante mis procesos creativos: Norha Franco durante mi adolescencia y Mónica Ojeda al igual que Margarita Borrero en mi etapa adulta.

1

Había sido meticuloso a la hora de recoger los trozos del espejo, o al menos eso quería pensar. El sofá, que no era más que dos palés previamente lijados y unidos por clavos, estaba de nuevo en su sitio. La cama, ubicada justo enfrente, lucía sábanas nuevas. También había limpiado los restos de sangre que cubrían la mesa donde ella se había apoyado. Nada parecía quedar ya de la colérica discusión que había provocado su marcha, nada salvo los gritos y sollozos que todavía retumbaban en mis oídos desde el día anterior.

Al hacer espacio en la bolsa de basura, el sonido de los cristales rotos hizo que dirigiera la mirada hacia ellos. Al contemplarlos fijamente, alcancé a ver la cara de alguien que había perdido la esperanza ¿Cómo habíamos llegado a esto? Por más vueltas que le daba, no acababa de recordar el momento justo en el que las cosas se habían torcido tanto como para pasar de una simple conversación de pareja a una acalorada disputa. Lo que estaba claro es que ella era la que había perdido el control y la prueba era la sangre de su mano, empapando el papel de cocina, y los cristales rotos del espejo. Su locura había llegado a tal punto de hacerla agarrar con su mano desnuda un trozo de cristal puntiagudo mientras maldecía el día en que nos conocimos. La consecuencia natural de trasladar su frustración hacia objetos cortantes no podía ser otra que la de un sinnúmero importante de cortes superficiales a lo largo de su mano y brazo derecho. Nada podía justificar esas actitudes agresivas, ni siquiera la más cruel de las palabras que hubieran salido de mi boca.

El pequeño armario del que disponíamos en aquel apartamento de apenas cuarenta metros cuadrados había quedado semivacío. Toda mi ropa estaba ahora dentro de una maleta. Tras presionar uno de los lados con las rodillas, conseguí cerrarla. Levantarla y moverla hacia la puerta requirió un esfuerzo enorme. Pareciera que, junto a todos aquellos pantalones, camisetas y calzoncillos, los sueños e ilusiones de los últimos tres años añadieran un peso extra e hicieran de aquel enorme bulto de tela una incómoda losa sumamente difícil de arrastrar.

Antes de abandonar la que había sido mi casa hasta hacía apenas unas horas, decidí hacérselo saber a Lilith. El teléfono estaba apagado y llevaba ya un buen rato cargando. La batería había volado tras cientos de llamadas suyas desde su trabajo. Llamadas que yo había ignorado por completo con el fin de no extender en el tiempo el intercambio de insultos y culpas. Quería ser conciso, objetivo y evitar dar demasiados detalles hacia donde me dirigía; al fin y al cabo, ambos conocíamos el hostal Berlín, ya que había sido nuestro primer alojamiento en Fráncfort, así que en apenas unos segundos dejé enviado lo siguiente: «Esto no puede continuar así. Lo sabes tú y lo sé yo. Ayer se cruzaron demasiadas líneas rojas, así que me voy. Déjalo estar y sigue con tu vida. Adiós».

Al abrir la puerta, me topé de bruces con mi vecino, Carsten. Me sorprendió su reacción al verme. Aunque alemán, solía ser bastante amable, así que me resultó extraño el gesto asustado de su cara y el rápido cambio de su mirada en dirección al suelo justo cuando iba a saludarle. A pesar de no acabar de entender la situación del todo, no le di mayor importancia. Al fin y al cabo, no era la primera ni la última vez que la reacción de algún alemán me parecía fuera de lugar y además tenía cosas más importantes en las que pensar en aquel momento.

Bajé las escaleras con enorme dificultad hasta llegar al portal. El trayecto desde mi apartamento hasta la calle sirvió para arrepentirme profundamente de no haberme mudado a un piso con ascensor. Al abrir la puerta, un fuerte haz de luz penetró, cegándome por unos segundos. El sol brillaba de una manera inusual en Fráncfort. El día parecía propicio para grandes decisiones y yo estaba a punto de tomar una que cambiaría mi vida para siempre.

2

Estaba a punto de entrar en el hostal cuando oí su voz a mi espalda:

—¿Se puede saber qué coño estás haciendo? —dijo Lilith mientras tiraba de mi maleta con fuerza.

Tras ver el sudor que brotaba de su frente y bajaba sinuosamente por su cuello, imaginé que había llegado corriendo desde la escuela donde trabajaba al ver mi mensaje. El pelo se le había alborotado tras la carrera y sus mejillas habían adquirido un tono rojizo. Como esas niñas a las que su cara les delata cuando se avergüenzan de algo. La imagen hubiera sido casi cómica de no ser por que nuestra relación pendía de un hilo.

—Te dije que no vinieras. Te lo dije específicamente. Pero, como siempre, haces lo que te viene en gana.

—Eso es lo que te gustaría, que me quedara tan tranquila viendo como destrozas tres años de relación. ¡Tres años, Alpiel! Y luego quieres hacerme creer que todavía me quieres. Si tiras todo por la borda a la primera de cambio…

—Eso no es justo, sabes perfectamente que lo he intentado todo para que esto funcione. ¿Cuánto me costó convencerte para que salieras conmigo? Desde ese momento he hecho todo lo que he podido para mantenerte a mi lado. He cambiado tanto que ya ni me reconozco.

—¡Vaya, esta sí que es buena! ¿En qué te he cambiado tanto, Alpiel? Ilumíname, por favor. Has dejado de fumar gracias a mí, he hecho que dejes de comer basura, te he ayudado en todo lo que he podido para que consiguieras un trabajo mejor… ¡Siento haberte cambiado tanto la vida!

—¡Sabes muy bien que no me refiero a eso! Llevo tres años adaptándome a ti y, a cambio, ¿qué te he pedido yo? ¡Nada! —contesté furioso mientras arrancaba la maleta de entre sus dedos.

—¡Eres un puto egoísta! Lo que te pasa es que quieres estar en pareja, pero con los beneficios de la vida en solitario. Hacer lo que quieres todo el rato. No te gusta que te digan lo que haces mal. No aceptas la crítica. Y cuando alguien te trata de aconsejar, te comportas como un niño y te vas.

—Corrígeme si me equivoco, pero ¿tu manera de aconsejar a alguien es romper espejos y gritar como una puta zumbada? En ese caso, no necesito que me aconsejes nada, gracias. Era feliz antes de conocerte y, aunque me lleve tiempo, lo volveré a ser.

Aproveché el momento de silencio que se había creado para arrebatar la maleta de las manos de Lilith y arrastrarla hasta la misma entrada del hostal Berlín. Su recepcionista se encontraba apoyado en la pared contigua a la puerta fumando un cigarro y probablemente preguntándose de qué planeta habíamos salido. En ese momento sentí un tirón tan fuerte que el primer botón de mi camisa saltó por los aires. Me giré bruscamente y la vi allí plantada, completamente poseída, con las dos manos tratando de retenerme. Intenté quitármela de encima, pero se aferraba a mí con ferocidad, como una leona a su presa, así que no tuve más opción que darle un empujón, con tan mala suerte que perdió el equilibrio y se cayó de espaldas.

Verla en el suelo hizo que toda mi ira y rabia se transformaran en arrepentimiento y asco hacia mí mismo. Cuando me disponía a ayudarla, oí al recepcionista profiriendo palabras ininteligibles en alemán y, de repente, se me abalanzó encima. Aquel cabrón comenzó a estrangularme cuando vi el pie de Lilith impactándole de lleno en la boca. En ese mismo instante, soltó sus manos de mi cuello y pude zafarme de aquel tipo que me doblaba en envergadura. Lilith corrió a abrazarme y a preguntarme si estaba bien. Tras ponerme en pie, me apresuré a recoger la maleta y, cuando me di la vuelta, la vi propinándole varias patadas en las costillas al recepcionista, que a duras penas se cubría con ambas manos cuando trataba de levantarse.

—¡Deprisa, Alpi! —gritó—. ¡Vámonos de aquí!

Aquella gran decisión que había tomado, la de irme, había durado apenas unas horas. Lilith y yo estábamos de nuevo juntos.

Llegamos a duras penas hasta la parada del tranvía ubicado justo en frente de la estación central. No había ni trescientos metros de distancia entre el hostal y la parada, así que nos introdujimos apresuradamente en el primer tranvía que pasaba. A mí aún me costaba respirar, así que no podía evitar abrir la boca e inclinar la cabeza hacia atrás en busca de aire. De tanto en cuanto emitía un sonido de lo más perturbador a través de la garganta. Algo así como un gemido de un animal herido. Mientras tanto, Lilith las pasaba canutas para mover la maleta que yo había cargado previamente con todas mis pertenencias. Por fortuna, si había un lugar donde pasar desapercibido, ese era la estación central y sus alrededores. Estaba abarrotado de drogadictos meando en sus calles y lunáticos gritando todo tipo de incongruencias a los transeúntes. Entre aquella jungla, logramos no levantar sospecha.

Lilith encontró dos asientos en la parte trasera, y un chico joven con aspecto fornido nos ayudó a colocar la maleta entre las piernas. Poco a poco conseguí recobrar el aliento.

—Lilith. Tenemos que volver… —le dije angustiado—. Al menos, comprobar que ese tío está bien. Cuando nos marchamos no se movía.

—Tranquilízate y descansa. Ese idiota lo tiene bien merecido. Si volvemos, lo único que conseguiremos es meternos en un buen lío.

—El lío vendrá si no volvemos para socorrer a alguien que puede estar malherido, joder.

Lilith giró la cabeza hacia otro lado e hizo caso omiso a mi comentario. Yo tampoco insistí en el tema, ya que en el fondo temía que Lilith tuviera razón. El silencio se apoderó de ambos durante los siguientes minutos. Yo traté de convencerme de que aquel tipo fornido se habría recuperado sin problemas de unos golpes propinados por una pequeña chica de apenas cincuenta y cinco kilos. Ella, ajena a todo y visiblemente exhausta, no tardó en quedarse rendida sobre mi hombro. Me quedé fijamente mirando su cara, sus ojos rasgados que se cerraban, su curioso lunar cerca del labio, su hermosa piel morena. Respiraba de una manera extremadamente pausada y se acurrucaba cada vez más cerca de mi cara. Sentí el roce de su piel. Y esa fragancia natural que inundaba todos los rincones. Persistente. Como un hechizo. Ese olor, mezcla de jazmín y aceite de coco, había sido de las primeras cosas que me habían llamado la atención. Pero no era sino una más de la larga lista de razones que me hicieron enamorarme de Lilith.

Cuando llegamos a Fráncfort por primera vez, yo llevaba un tiempo perdido y sin rumbo fijo. Había estado viajando por varios países del sudeste asiático buscando respuestas a una vida mundana que había dejado de ser estimulante para mí hacía ya tiempo. Siempre que me aventuro en algún viaje, tengo la sensación de estar en otro plano trascendental. Liberado de las ataduras de lo cotidiano, me empapo de libertad y me zambullo de lleno en lo desconocido, lo prohibido y lo deseado. En ese plano conocí a Lilith y en ese plano comencé mi relación con ella.

Durante mi estancia en Filipinas, había tenido la oportunidad de conocer parte de su personalidad, la parte que me hizo perder la cabeza. Lilith era una auténtica aventurera, no tenía miedo de viajar sola por los más remotos lugares de la tierra. No necesitaba dinero. Siempre conseguía alojamiento, comida y todo lo necesario para subsistir gracias a su habilidad para relacionarse con la gente. Era un auténtico saco de sorpresas. Alguien al que apetecía seguir, porque nunca sabías dónde acabarías el día.

Desgraciadamente, había otra parte de Lilith que fui conociendo más adelante. Una parte obsesiva y controladora que nada tenía que ver con la simpática Lilith, con la que había compartido tantos buenos ratos en mis viajes. Estos rasgos estaban más ligados a la cultura alemana ya que, al fin y al cabo, había crecido en Fulda, muy cerca de Fráncfort. A los pocos meses, nos mudamos a Fráncfort y el choque cultural fue más patente.

—Deberías comenzar a moverte por círculos artísticos, exposiciones, galerías de arte… —me dijo Lilith apenas tres días después de habernos mudado a Fráncfort.

—Poco a poco, cariño. Todavía no tenemos ni sofá en el piso y ya quieres ponerme a trabajar —respondí con mi habitual sentido del humor.

—Pues no estaría de más que usaras ese tiempo que pasarías en el sofá, si lo tuviéramos, buscando trabajo de fotógrafo, ¿no te parece?

—Sabes que nunca he estado más de seis meses sin trabajar desde que cumplí la mayoría de edad. Acabaré trabajando, ya sea de lo mío o en otra cosa, solo es cuestión de tiempo.

—Esto no es España ni Argentina, Alpiel. Las opciones para trabajar sin hablar alemán son limitadas. En este país, el *networking* es esencial. Tienes que moverte, hacerte ver, empezar por algo pequeño…

—Te agradezco tu preocupación, de verdad, pero me gustaría que no te entrometieras demasiado en un mundo del que, sin querer ser grosero, no tienes ni la más remota idea.

—Tienes razón, no tengo ni idea de enfoques o de iluminación, pero creo que entenderás que me preocupe por saber si mi pareja va a ser capaz de colaborar y pagar el alquiler del piso en algún momento. También entenderás que esté intranquila al ver que rechazas trabajos que te llegan…

—¡Acabáramos! Sabía perfectamente que ibas por ahí. Que sepa hacer fotos no significa que vaya a malgastar mi talento subiéndole el ego a tu acomplejada amiga Rebecca. Si necesita hacerse fotos donde no parezca ella misma para que sus seguidores de Instagram le sigan dando *likes* y se siga sintiendo guapa, se puede buscar a otro.

—¿Y qué hay del semanario internacional en el que Hans te ofreció colaborar?

—Hans es un idiota malcriado con menos luces que un carro de caballos, al que su rico papá le ha montado una revista para que se sienta importante y tenga algún aliciente en su triste vida. Nunca escribiría para alguien como…

—¡Basta! Estoy harta de excusas. Me tomo la molestia de buscar oportunidades y tú las desperdicias. ¿Te crees que sentado en el sofá sin hacer nada te va a llamar un día el *Times*? —dijo Lilith visiblemente enfadada.

—Lil, no me malinterpretes. Te agradezco mucho que trates de encontrarme algo, de verdad, pero déjalo en mi mano, ¿de acuerdo?

—Como quieras… —remató dándose la media vuelta y frunciendo el ceño.

Yo estaba hastiado del mundo. Lo único que me hacía disfrutar era la fotografía, así que no pensaba ensuciar el único rincón que hacía que me sintiera vivo. Prefería trabajar de cualquier mierda y mantener la fotografía como *hobby*. Eso Lilith no lo entendía. Para ella suponía desaprovechar mi talento, tirar al traste la posibilidad de hacer dinero con algo que se me daba bien. Por mucho que trataba de explicarle mi punto de vista, nunca conseguía hacérselo entender.

A veces me costaba explicarles a mis amigos por qué me había enamorado de Lilith, al menos a aquellos que todavía no la conocían. Todos tenían la impresión, en buena medida por lo que yo les decía, de que Lilith era demasiado controladora y que, de alguna manera, desde que estaba con ella, mi forma de ser había cambiado radicalmente. Yo había sido testigo de ese proceso. Lo que no tenía claro era qué porcentaje de ese cambio era negativo.

Supongo que en el fondo creía que era lo mejor para mí. Me costaba reconocer mis errores, pero no era estúpido y sabía valorar lo que tenía al lado. Por eso aguantaba toda la tensión producida por las discusiones que tenía casi a diario. Admiraba profundamente su entereza, su capacidad de liderazgo y su positividad ante las adversidades de la vida. En un mundo en decadencia como el que yo tenía ante mis ojos, Lilith era un soplo de aire fresco, alguien por el que valía la pena seguir viviendo. Y eso no era fácil de encontrar.

Vivíamos en un estudio minúsculo, apenas 40 metros cuadrados. Sin embargo, aquello no suponía ningún problema, ya que pasábamos la mayoría del tiempo fuera, muchas veces sin un plan concreto, tan solo deambulando por las calles, entrando y saliendo de los parques, explorando la ciudad sin rumbo fijo. Era como viajar en el tiempo, a cuando nos conocimos en Filipinas. Lilith tenía la capacidad de convertir un rutinario paseo por las calles de Fráncfort en una auténtica aventura.

—Fíjate en esa casa blanca. El jardín es enorme. Podríamos plantar árboles frutales y dejar correr a los perros libremente, tendrían suficiente espacio.

—Me parece que me he perdido algo. ¿De qué perros estás hablando?

—Los que adoptaremos de un refugio de animales —dijo besándome la mejilla—. Ya he estado mirando varios y hay un par de ellos en países del este muy interesantes. Envían una furgoneta a Alemania todos los meses con los animales previamente adoptados. Además, los vacunan y los castran.

—Sabes que me encantan los animales, pero creo que también conoces a la perfección mi alergia a los perros. Me temo que no va a ser posible. Además, estas cosas tienes que consultarlas antes conmi…

—Ya te he pedido hora con un alergólogo. El martes tienes cita con él. Me han dicho que, con un buen tratamiento de inmunoterapia, en menos de un año, ¡no notarás ningún síntoma con los perros!

Antes de que pudiera contestar, me agarró de la mano y me tiró fuertemente hacia ella. Nos abrazamos y nos fundimos en un apasionado beso. Sin tiempo para poder argumentar, noté que Lilith fijaba la mirada en una de las ventanas de la casa.

—¡¡Buenas tardes, señora! Tiene usted una casa maravillosa. —O eso creí entender con mi básico conocimiento del alemán.

—Muchas gracias —respondió la señora, sonriendo desde lo alto de la ventana—. La heredamos de mis padres y llevamos ya casi veinte años aquí.

—Veinte años ya, ¡toda una vida! Justo hablaba con mi novio sobre comprar algo por esta zona y su casa es un claro ejemplo de lo que nos gustaría. ¿Sabe de alguien que venda por aquí?

La miré sorprendido y, cuando iba a abrir la boca, me apretó la mano para hacerme callar. Claro que habíamos hablado de comprar una casa, pero también de dar la vuelta al mundo en globo, tirarnos en paracaídas y montar un centro social para niños de la calle en su Filipinas natal. Con dos mil euros en el banco era ridículo plantearse en serio ninguna de esas cuestiones, pero a Lilith le gustaba pensar que todo era posible o que al menos algún día lo sería.

Este tipo de situaciones eran habituales en ella. En poco menos de un mes, ya conocíamos a casi todos los vecinos y habíamos ido a cenar en varias ocasiones con una pareja de alemanes que residía en nuestro edificio, Beatrix y Carsten. Era una de esas parejas perfectas, tan perfectas que daban asco. Siempre haciéndose carantoñas, devolviéndose sonrisas, piropeándose. Todas esas cosas que uno hace en los primeros meses de relación, solo que ellos llevaban ya más de seis años juntos. Por supuesto, Lilith los usaba como ejemplo constante cuando no se sentía lo suficientemente querida, lo cual me hacía sentir aún mayor repulsión por ese amor tan pomposo que estigmatizaba las relaciones de pareja normales, donde las discusiones, diferencias de opinión e incluso peleas se producían de manera natural.

El carácter jovial, extrovertido y sociable de Lilith chocaba con mi pasividad y tranquilidad ante la vida. No obstante, ambos encontrábamos riqueza en la personalidad del otro. Lilith había encontrado a mi lado la calma necesaria para estabilizar su vida y yo estaba completamente seducido por su gen aventurero y explorador, el cual me había llevado a hacer cosas que nunca me hubiera imaginado. Incluso me había animado a mejorar mi porfolio de fotos y enviarlo a un periódico de tirada nacional en Fráncfort. A raíz de eso, había conseguido un pequeño trabajo como autónomo y habían prometido llamarme en el futuro. No era nada seguro, pero definitivamente mucho más esperanzador que las oportunidades que había conseguido hasta el momento.

3

—Ponte la camisa azul —me repetía Lilith—. No pasa nada por que al menos un día vayas elegante.

—Gracias, amor, tú siempre tan cariñosa. No sabía que tenía que vestirme de gala para visitar la casa de tus amigos.

—Es una celebración, Alpiel, nos han invitado a cenar. Habrá cerca de catorce o quince personas allí, no querrás ser el único que viste como un desarrapado.

—Tranquila, cariño, no te dejaré en ridículo —le dije irónicamente mientras le besaba la mejilla.

No era la primera vez que asistía a una fiesta con los amigos alemanes de Lilith, pero hasta entonces siempre había conseguido infiltrar a algún amigo que me hiciera compañía y me librara del sopor que me producía tener que relacionarme con la inmensa mayoría de sus amigos. La gran diferencia entre socializar con ellos y con argentinos o españoles era que, al tratar con alemanes, tenía que estar constantemente pendiente de cada paso que daba. Lilith me había expresado en múltiples ocasiones que no charlara tanto acerca de ciertas cosas o que no sacara cierto tema si no me lo preguntaban antes.

De algún modo trataba de modificar mi comportamiento con los demás para que se adecuara más al esnobismo imperante de sus amigos. Lo más ridículo de todo es que, en el fondo, ella detestaba muchas conversaciones que surgían durante esas fiestas y disfrutaba mucho más, aparte de sentirse infinitamente más cómoda entre mis amigos que entre la mayoría de los suyos.

La humedad y el calor que se respiraba aquel día no estaban acorde con la temperatura habitual de Fráncfort en el mes de junio, pero hacía ya tiempo que lo habitual había perdido su significado. Aquella humedad parecía calar los huesos, meterse bien dentro de uno, como augurando una noche soporífera y pegajosa. El incidente ocurrido hacía tan solo unos días con el recepcionista del hostal todavía me mantenía en un estado continuo de nerviosismo. Después de lo sucedido, mi mente había generado un sinfín de escenarios, a cada cual peor, en los que el recepcionista nunca salía bien parado.

Quería hablar del tema con Lilith, pero para ella nada había pasado. Continuaba sus rutinas diarias con un estricto orden salvo su sesión de los martes en el gimnasio. Supongo que el moratón de su pie derecho, producido tras las repetidas patadas a aquel desconocido recepcionista, la habían echado para atrás. La había visto quejarse en un par de ocasiones y había notado el relieve de la herida en la noche, cuando juntaba los pies con los míos en la cama. Sin embargo, había evitado realizar cualquier comentario. De algún modo, creía que, si no hablábamos del tema, antes o después aquello desaparecería. Quizá eso era también lo que Lilith creía.

Robert y Helen nos recibieron con un amistoso abrazo y se apresuraron a preguntar si queríamos beber vino o cerveza. Lilith optó por la cerveza y yo por la opción que contenía más graduación alcohólica, a pesar de que una cerveza bien fría hubiera sido seguramente la elección más sabia para combatir aquel sofocante calor. Al entrar en el apartamento, nos quitamos los zapatos y nos dirigimos al salón a través de un pequeño pasillo que comunicaba la puerta de entrada con el resto de la vivienda.

Varias fotos colgaban a diferentes alturas de la parte izquierda de la pared. En todas ellas se podía ver a Robert y Helen en la sesión fotográfica posboda. Aquellas fotos no estaban en el pasillo porque sí, tenían un significado. De alguna manera, aquella amigable pareja de alemanes quería que toda persona que entrara a su casa fuera testigo de su felicidad. Como si para ellos no fuera suficiente ser felices, tenían que obligar a todo bicho viviente a presenciarlo.

—Nos las hizo un fotógrafo profesional. ¿Qué te parecen? —dijo Robert al darse cuenta de mi interés.

—Oh, son fantásticas —mentí.

—El hermano de Robert se casa dentro de dos meses —dijo de repente Helen—. Si tienes un *book* de fotos, podríamos hacérselo llegar y, si le gusta, ¿quién sabe?, quizá podrías ser el fotógrafo principal, ¿verdad, cariño?

—Ehm…, claro, sí —dijo Robert visiblemente sorprendido.

—Oh, muchas gracias, Helen, pero no me dedico a las bod…

—Te lo agradecemos enormemente, Helen —dijo Lilith antes de que pudiera terminar la frase.

En cuanto llegamos al final del pasillo, pude observar la estancia principal del apartamento. Un par de sofás formando una ele, que a su vez separaban el salón y el comedor. En ellos se sentaban tres jóvenes de unos treinta años que jugaban de manera frenética a la PlayStation y que no tuvieron a bien saludarnos, imagino que por estar demasiado ocupados con sus menesteres. A decir verdad, tampoco me importó mucho, pues no tenía mayor interés en conocer sus vidas.

Los muebles del salón respondían a esa nueva vertiente de la decoración en la que uno ya no sabe si un lugar tiene un estilo marcado y definido o simplemente es el resultado de la falta de poder adquisitivo del propietario. La televisión se sostenía sobre un palé. A su lado, varias cajas de vino habían sido reconvertidas en estanterías de libros y, justo en la esquina, un tronco de madera se erigía en forma de mesa auxiliar y servía para colocar la consola.

El resto de la gente, unos seis más, se encontraba en el jardín, cenando en una mesa redonda y blanca. Todos se giraron a nuestra llegada y nos saludaron en alemán. Nosotros ya habíamos cenado, así que nos sentamos a degustar nuestras bebidas y observar cómo los demás terminaban de comer. Yo solo conocía a Laura, una de las mejores amigas de Lilith, además de a Helen y Robert. La chica se acercó y charlamos durante un buen rato. Era muy cercana y dulce, casi no parecía alemana.

Cuando mi copa de vino se quedó vacía, aproveché el momento para visitar la cocina y rellenarla. Robert estaba charlando sobre su trabajo con uno de los chicos que antes jugaba a la consola. En un ambiente más latino, me hubiera tomado al pie de la letra las palabras que él había pronunciado un rato después de entrar al salón, «siéntete como en casa, Alpiel, coge lo que necesites». Sin embargo, sabía perfectamente que todo aquello era fachada. Estaban esperando el momento en el que el españolito de turno hiciera una de las suyas. «Pero ¿quién se cree este para abrir mi nevera así como así, si apenas le conozco?» pensaría.

No les di ese placer y, tras preguntarle a Robert, me serví un buen vaso de vino. Vertí el líquido en la copa con una lentitud extrema, esperando el momento exacto en el que Robert mirara hacia otro lado. Cuando ese instante llegó, me apresuré a llenarlo hasta que rebosara y cogí la copa de manera que no se viera el contenido, me di la vuelta y, cuando Robert no estuvo ya en mi campo de visión, le di un buen trago al vaso de vino.

Cuando volvía hacia la mesa, vi que Laura estaba ahora charlando con otras dos chicas. Busqué a Lilith. Reía a carcajadas con Helen y otro chico en el mismo lugar donde antes aquellos otros tres mendrugos jugaban a la PlayStation. Traté de llamarla, pero se giró y me mostró la palma de la mano para indicarme que estaba ocupada. Escuchar tanto alemán junto me estaba produciendo dolor de cabeza. Creo que es un poder que solo tiene ese idioma, el de herir tu cerebro sin siquiera pretenderlo. Traté de concentrarme en la música que salía de un pequeño altavoz que habían instalado al pie de la mesa del jardín, pero la música electrónica siempre me había parecido sonido para robots. Supuse que sería genial escucharla si trabajara en una cadena de montaje, saca, mete, saca, mete, pero no desde luego como medio de disfrute.

Volví a la mesa y me senté de nuevo dedicándole una sonrisa a Laura. Traté de entender las conversaciones que allí estaban manteniendo, pero fui incapaz, así que decidí soltar un *Ja, richtig* de tanto en cuanto para simular que mi nivel de alemán era mejor del que realmente tenía.

Comencé a mirar las sobras de la mesa. Un plato con pepinos, otro con olivas, queso, almendras, zanahorias cortadas en rodajas. De repente me di cuenta del factor diferencial entre aquella cena alemana y un buen asado de mi tierra: el olor. Allí no olía a nada. Si un ciego hubiese entrado por la puerta, no habría tenido la capacidad de saber que más de diez personas habían estado engullendo comida durante toda la noche. La comida no tenía olor y además estaba cortada y expuesta de una forma casi perfecta, como si fuera de mentira. Todo aquello parecía de mentira. La comida, la gente, aquel apartamento.

Terminé el vaso de vino que llevaba varios minutos sosteniendo y lo apoyé en la mesa. Me sequé el sudor de la frente con la manga de la camisa y caminé hacia Lilith, que seguía charlando con sus amigas.

—¿Podemos hablar un momento? —le dije con voz baja acercándome a su oído.

Lilith ni siquiera reaccionó, siguió dialogando con sus amigas como si mi voz fuera solamente un ruido más de la fiesta. Me acerqué entonces a sus amigas y les pedí amistosamente que nos dejaran solos un momento. A Lilith le cambió la cara rápidamente.

—¿Qué es tan urgente que no puede esperar a que acabe de hablar con mis amigas? —me preguntó.

—No sabía que necesitaba pedir cita para hablar contigo. Entiendo que todos tus amigos están aquí, pero no me has hecho ni puto caso durante toda la noche.

—¿Qué pasa? ¿Necesitas que te haga de niñera todo el rato?

—No vayas por ahí, Lilith. Estoy en una casa con completos desconocidos y no son precisamente amistosos. Les importa tres pelotas que yo no hable alemán, solo he hablado con Laura en toda la noche.

—Como siempre, echándole la culpa a otros de tu carencia de habilidades sociales. Los demás siempre son los culpables… —dijo Lilith levantando la voz ostensiblemente.

—Mira, no me jodas. Llevo tres horas aquí tratando de hacer conversación con esta gente, la cual no me despierta ni el más mínimo interés. Creo que he hecho suficiente… —respondí elevando también mi tono de voz.

En ese momento noté cómo varios de los invitados dirigían la mirada hacia nosotros, pero eso no hizo cambiar ni un ápice a Lilith, quien mantuvo su diálogo con la misma contundencia y vehemencia.

—¡Qué gran esfuerzo! ¿Acaso yo no me involucro y socializo con tus amigos cada vez que vamos a Buenos Aires o a Madrid? Y eso a pesar de que la mayoría son una banda de idiotas.

—Es imposible hablar contigo. Mis amigos hacen conversación hasta con una pared, por muy idiotas que te parezcan. No es comparable.

—Tus amigos sí, tú no, porque eres más alemán que ellos, ¡joder! —dijo señalando a los dos chicos que habían estado toda la noche jugando a la PlayStation.

Por suerte, Lilith había cambiado de inglés a castellano en el último momento, de manera que los invitados, a pesar de oír sus gritos, no pudieron entender a qué se refería. Si bien el inglés era el idioma que habitualmente usábamos para comunicarnos, Lilith hablaba chabacano, una especie de español roto de la isla de Zamboanga, de donde ella era nativa, así que siempre que queríamos hablar de algo y que el resto no se percatase, lo hacíamos en castellano.

En ese instante Beatrix se me acercó y me preguntó si todo estaba bien. Le di las gracias por haberme invitado y le pedí disculpas por la escena. Sin mediar más palabras, cogí mi jersey del sofá y me apresuré a salir del apartamento ante la mirada y el runrún de todos los invitados. Lilith, lejos de intentar evitar mi huida, sacó otra cerveza de la nevera y se sentó de nuevo en el sofá con sus amigas.

Una vez en el portal, y con las prisas por salir de aquella situación, el jersey se me enrolló en el pomo de la puerta, haciéndome frenar. El golpe de aire fresco nocturno en mi cara consiguió aliviar ligeramente mis niveles de indignación y rabia. Me disponía a desenredar el jersey cuando comencé a oír pasos que bajaban por las escaleras. Imaginé que Lilith había decidido venir a sermonearme después de haber abandonado la casa de sus amigos de manera tan abrupta, así que me apresuré a sacar el jersey, tanto que terminé por deshilachar parte de la manga con la fuerza del último tirón. Cerré de golpe la puerta, tratando así de dejar claro mis intenciones, y proseguí con paso firme. Cuando estaba a punto de doblar la esquina, oí a lo lejos la puerta abrirse y mi cuerpo volvió a llenarse de calor, intuyendo un nuevo e inagotable enfrentamiento con Lilith. Sin embargo, me sorprendí al oír una voz inesperada.

—¡Alpiel, espera! —A lo lejos, unos pasos parecían acercarse al trote. Aquella voz era familiar. Me giré y vi a Laura, que se acercaba con paso firme hacia mí tratando de mantener el equilibrio sobre sus tacones.

—¿Cómo es que te marchas tan pronto? —me dijo posando cariñosamente la mano sobre mi brazo izquierdo—. Ni siquiera nos hemos despedido.

Lo cierto es que inicialmente me sorprendió que Laura hubiese dicho aquello, pero siendo consciente de lo rápido que volaba mi imaginación, decidí dejar de especular con sus intenciones e imaginé que su interés en despedirse solo respondía a una empatía natural que ya me había demostrado en anteriores ocasiones.

—Lo siento, Laura, no pretendía ser maleducado. Lo cierto es que estoy algo cansado, así que creo que lo mejor es que me vaya yendo a casa, que ya no son horas —dije para evitar entrar en detalles.

—Vaya, qué pena, al final no me acabaste de contar cómo tus padres decidieron emigrar a España desde Argentina.

Me pareció curioso que se acordara de lo que habíamos hablado horas atrás. Al fin y al cabo, yo apenas recordaba un par de anécdotas de Laura de todas las conversaciones que había mantenido dentro del apartamento de Robert y Helen.

—Pues, para resumírtelo mucho, mis padres decidieron cruzar el charco en aquellos años por la misma razón que otros tantos. Después de una de las tantas crisis económicas que ha sufrido la Argentina, pensaron que lo mejor era sacar todo lo que tenían en el banco e irse a España. Al fin y al cabo, teníamos familia en Madrid y eso, junto con el hecho de no tener que aprender un nuevo idioma, facilitaría enormemente la integración.

—Entiendo… Siempre he admirado profundamente a los emigrantes y mucho más a los que se fueron tiempo atrás, cuando las cosas no eran tan sencillas como ahora. Dice mucho de la determinación y resiliencia de tu pueblo.

—Por descontado. La resiliencia es sin duda uno de nuestros rasgos más característicos. Desgraciadamente, también de nuestros políticos, que se aferran a su puesto ante viento y marea.

—Algo he oído hablar de vuestros políticos… —dijo Laura mientras sonreía cálidamente. Sus labios estaban pintados de color rojo y su sonrisa dejaba ver pequeños restos del vino que se había secado en la comisura de sus labios.

—De todo lo malo que hayas oído, multiplícalo por tres. Es la regla matemática que aplico a la política argentina.

—Lo tendré en cuenta —dijo extendiendo la sonrisa tanto que unos preciosos hoyuelos brotaron de sus mejillas, transformando su cara y haciéndola aún más cálida—. Bueno, Alpiel. No te quito más tiempo, te dejo ir. ¿Lilith no se va contigo?

—No, parece que tiene otros intereses ahora mismo… —dije visiblemente frustrado.

—Vaya, supongo que es complicado para ti, con toda la gente hablando en alemán.

—Sí, incluso mi propia pareja.

—Tienes que entender a Lilith. Hace tiempo que no ve a sus amigos y está intentando ponerse al tanto con todos y cada uno de ellos.

—Lo entiendo perfectamente, Laura, y me parece genial que lo haga. Lo que no entiendo es su interés en que yo también esté presente. ¿Qué sentido tiene?

—Bueno, eres su pareja, así que es normal que quiera que estés con ella cuando queda con sus amigos. ¿No crees?

—Entiendo que quiera que sus amigos me vean y sepan quién soy, pero este tipo de reuniones donde no conozco ni la mitad de la gente ni entiendo el noventa por ciento de lo que se habla, como comprenderás, no son de mi agrado y me siento completamente fuera de lugar.

—Es normal, entiendo a qué te refieres. Bueno, estoy segura de que los dos podéis llegar a algún punto en común. Trata de hacerle entender cómo te sientes.

—Ojalá mis conversaciones con Lilith fluyeran como cuando hablo contigo. Intuyo que, de ser así, no tendríamos ni la mitad de las discusiones que tenemos.

Nada más terminar mi intervención, sentí que a Laura le había incomodado mi comentario. Agachó la cabeza por unos instantes, creo que sin saber exactamente cómo reaccionar. Sin embargo, cuando finalmente la levantó y sus ojos se encontraron con los míos, no pudo evitar que sus labios revelaran una furtiva sonrisa que denotaba algo más que empatía conmigo. Probablemente, tras darse cuenta de la situación, se apresuró a zanjar el tema.

—Bueno, Alpiel, será mejor que vuelva a la fiesta. Ha sido un gusto hablar contigo —dijo mientras extendía ambos brazos para darme un abrazo.

—El gusto ha sido mío, Laura.

Sus brazos se entrecruzaron detrás de mi espalda y pasaron por encima de mis hombros, dejando como única alternativa para los míos la parte baja de su espalda. En un primer momento me pareció un tanto inusual. ¿No era esto un signo excesivo de afectividad hacia mí? ¿Estaba Laura mandándome un mensaje con su abrazo? Tras apenas un segundo de cavilaciones, decidí que lo mejor era dejar de lado estos pensamientos. Estaba sacando las cosas de quicio. Un abrazo es un abrazo. Sin embargo, este en particular parecía prolongarse en el tiempo. Hacía que los pelos de mis brazos se erizaran. De repente, mientras acariciaba la espalda de Laura, me sorprendí tratando de discernir con la mano derecha en qué punto terminaba su blusa y comenzaba su falda. Comencé a preguntarme cuántos centímetros podría recorrer con mi mano en su espalda sin que aquello fuera visto como un acto indecente.

De repente, noté que Laura acurrucaba un poco más la mejilla contra la mía. ¿Era esto una señal para finalizar el abrazo o un síntoma de la comodidad que sentía al juntar su cuerpo con el mío? Había perdido completamente la noción del tiempo, parecía que estaba flotando en una nube hasta que un grito me trajo de vuelta.

—¡Alpiel! —se oyó desde metros atrás.

Enseguida distinguí la voz de Lilith y tanto Laura como yo nos separamos de golpe. Ambos nos miramos desconcertados, como si todo aquello hubiera sido un sueño del que nos habían despertado. Me giré y vi a Lilith con gesto serio sosteniendo una copa de vino. En cuanto vio mi cara, me trasladó su malestar de la mejor manera que ella sabía: haciendo añicos la copa de cristal contra el suelo. Sin mediar palabra, se giró y comenzó a caminar en dirección contraria.

La llamé a gritos, pero no hizo caso, así que decidí salir a su encuentro. Me despedí fugazmente de Laura para no perder la estela de Lilith. Antes de dejarla allí, me rogó que la disculpara ante Lilith y que le hiciera saber que nada había pasado. Laura tenía razón; a fin de cuentas, nada había ocurrido. Quizá el abrazo había durado más de la cuenta. ¿Cuánto se supone que debe durar un abrazo? Quizá mi cuerpo había tomado las riendas de la situación en determinado momento y había buscado el roce de sus senos contra mi pecho, la suave textura de sus medias de nailon acercándose sinuosamente y rozando mis genitales. Pero, en todo caso, ¿no era eso lógico después de la tensión vivida durante la noche? De alguna forma, era normal que mi cuerpo buscara refugio en otros lugares más plácidos y benevolentes que entendieran mi situación, y esos lugares se hallaban en los brazos de Laura.

—¡Detente, Lilith! —le dije agarrándola por detrás—. Cálmate un minuto y hablemos.

—¡No hay nada de qué hablar! —me dijo sin ni siquiera girarse y soltando el codo izquierdo sobre mi rostro.

—¿Es que es mucho pedir que te pares y hables como una persona normal?

—¡Vaya! Así que ahora el problema lo tengo yo, que soy una loca —dijo volteándose—. Explícame lo que acaba de ocurrir, *mister* Normal, dime qué cojones hacías abrazándote a una de mis mejores amigas, y por favor evita frases típicas como «no es lo que parecía» o «has malinterpretado mis acciones».

—Lilith, sabes perfectamente cómo me siento cuando discutimos. Laura solo estaba dándome ánimos.

—¡Claro! Pobre Alpiel, que estaba disgustado y necesitaba que alguien le diera animitos para sobrellevar la dura relación que tiene con Lilith. Y, dime algo, ¿dónde necesitabas que te dieran ánimos? Porque durante el minuto que pasé mirándoos desde la entrada, no os despegasteis ni un instante.

—Joder, lo tuyo es increíble, de verdad. Ahora resulta que un hombre y una mujer no se pueden abrazar sin que haya un componente sexual. Es acojonante, sobre todo viniendo de una persona que regala abrazos a diestro y siniestro a gente que apenas conoce.

—¡No me quieras hacer tonta, Alpiel! Sabes perfectamente que no son comparables los abrazos que les doy a mis amigos con la manera en la que te abrazabas a Laura.

—Piensa lo que quieras, el caso es que no ha ocurrido nada, ni antes, ni durante ni después, y sin embargo aquí estoy yo, dando explicaciones sobre un abrazo a alguien que me propina un codazo en plena cara cuando solo trato de aclarar lo sucedido.

—¡Vete a la mierda, Alpiel! Si quieres creerte tus propias mentiras, adelante, pero a mí no me la cuelas —dijo Lilith poniéndose en marcha de nuevo.

Sabía que en el fondo llevaba parte de razón. Lilith siempre había sido extremadamente perspicaz y me conocía como un libro abierto. Sin embargo, estaba llevando las cosas demasiado lejos. Al fin y al cabo, uno no debería disculparse por haber tenido pensamientos lascivos con otras personas. De ser así, no existirían las relaciones de pareja.

Decidí que lo mejor era dejarla ir y retomar la conversación en casa, ya que la poca gente que pasaba por la calle no dejaba de mirarnos con cara de susto. Me mantuve a cierta distancia y la seguí para asegurarme de que llegaba sana y salva. Antes de subir, fui hasta el patio de la entrada, separé los contenedores de reciclaje de papel y saqué de entre ellos una cajetilla de Camel que llevaba escondida meses. Era la de emergencia para discusiones con Lilith y este parecía un momento propicio para echar mano de ella. Después de varias profundas caladas, apagué el cigarro y deposité la cajetilla en su escondite inicial. Saqué un chicle de menta del bolsillo y lo mastiqué durante varios minutos para disimular el olor. Me dirigí a la entrada y abrí la cerradura. Suspiré intensamente, tomé aliento y crucé la puerta.

Mientras subía las escaleras, iba oyendo unos difusos sonidos que se iban haciendo cada vez más perceptibles. Al llegar al último escalón, discerní de dónde venían esos ruidos. Mis vecinos, Carsten y Beatrix, no solo estaban teniendo relaciones sexuales, sino que también querían que el resto del edificio fuera partícipe de ello. Los gritos guturales de Beatrix me recordaban a los emitidos por la grulla común durante su apareamiento. Al menos algo se me había quedado del documental que había visto meses atrás. A partir de ese momento, no podría volver a ver una grulla sin acordarme de Beatrix o volver a ver a Beatrix sin acordarme de una grulla. Cada poco, Carsten le correspondía con algún «!Oh, sí!» o preguntaba educadamente «¿Te gusta así?». Todo sonaba absolutamente falso, guionizado, como una mala película porno.

Al abrir la puerta me sorprendió la total oscuridad que reinaba en el apartamento. Creí que Lilith todavía estaría despierta, pero parecía haberse ido ya a la habitación, así que fui directamente hacia allí y vi que estaba tumbada en la cama del lado más alejado de la puerta, a la que daba la espalda. Hacía un calor de mil demonios. Abrí la ventana, me quité los pantalones y la camiseta y me metí despacio en la cama. Una vez tumbado, incliné la cabeza hacia la de Lilith para comprobar si dormía. Sus ojos estaban cerrados, pero su gesto todavía parecía tenso. Le susurré su nombre un par de veces al oído para asegurarme de que ya no estaba despierta, pero no vislumbré ningún cambio en su rostro, así que me di la vuelta y recosté la cabeza en la almohada.

Apenas unos segundos después de haber cerrado los ojos, noté un movimiento brusco y sentí el aliento de Lilith en la nariz. Al abrir los ojos la encontré encima de mí, mirándome fijamente a los ojos. Con la mano derecha, agarró mis mejillas haciendo tal fuerza que tuve que abrir la boca. Parecía que algo la hubiera poseído. No podía ver sus ojos con claridad dado la oscuridad del cuarto, pero parecían desprender un brillo intenso.

—Eres un maldito…

Antes de terminar la frase, y justo cuando estaba ya preparado para recibir una ristra de insultos, su lengua se coló dentro de mi boca hasta contactar con la mía. Casi al mismo instante, y sin apenas oposición por mi parte, su mano izquierda se introdujo dentro de mis calzoncillos y agarró el pene abruptamente. Mi miembro no tardó en accionarse y comenzó a buscar la salida. Su mano estaba ardiendo y no se apartaba ni un momento de mi verga. Aquel calor que desprendía se comenzó a propagar por todo mi cuerpo. La agarré fuerte de la cabeza con ambas manos y la puse boca abajo.

Con ayuda de su mano y mi pie izquierdo, terminé de quitarme la ropa interior. Entonces, me llevé el dedo índice a la boca y acto seguido lo sumergí en su vagina. Sus ojos se sumergieron detrás de los párpados y sus dientes superiores comenzaron a morder su labio inferior. Lilith estaba muy mojada. No había duda de que, de alguna manera, aquel incidente con Laura, además de haberla enfadado, la había puesto sumamente cachonda. Sin mayor dilación, le bajé las bragas y comencé a cargar con fuerza.

Mientras le lamía el cuello a Lilith, recordé los ridículos gritos de Carsten y Beatrix. Habían cesado justo antes de que ella me comiera la boca, así que decidí darles de su propia medicina. Agarré sus nalgas y comencé a cabalgar su culo y a gritar como un auténtico poseso. Lilith, lejos de sentirse avergonzada, se unió al espectáculo y comenzó a soltarme auténticas guarradas. Yo aproveché para pegar un par de golpes con el puño en la pared contigua que separaba nuestro apartamento del suyo. Si no habían escuchado los gritos al principio, seguro que aquel par de puñetazos en la pared los habría puesto sobre aviso.

En ese momento, Lilith me sacó de dentro, se giró y se puso encima de mí. A ella siempre le gustaba terminar así. Colocó delicadamente mi pene dentro de ella y apretó hacia abajo hasta que casi la totalidad de mi miembro se desvaneció en aquel agujero negro. Con un par de movimientos ejecutados con una rítmica asombrosa, eyaculé dentro de Lilith soltando un último grito de placer. Ambos caímos rendidos en la cama y ella no tardó ni cinco minutos en quedarse dormida.

Sin embargo, en ese mismo instante, cuando el sueño debía llamar a mi puerta, el recuerdo de aquel recepcionista tendido en el suelo volvió a apoderarse de mi mente.

4

Lilith apuraba el último sorbo de café y yo, que no había podido pegar ojo en toda la noche, fregaba los platos con suma lentitud, en un intento inútil de mantener alejado el sentimiento de culpa por lo ocurrido días atrás en el hostal Berlín. El agua rebotaba en vasos, cucharas y tenedores, que se apelotonaban encima de varias tarteras. Restos de comida de días previos se habían acumulado en el desagüe de manera que el fregadero se transformaba poco a poco en una piscina de color grisáceo con un olor nauseabundo.

Abrí el compartimento inferior y saqué una vieja percha rota que había transformado en un largo alambre y usaba de tanto en tanto para desatascar los taponamientos que frecuentemente sufrían las tuberías del apartamento. Después de varias tentativas, presioné fuertemente hasta que conseguí atravesar lo que parecía estar obstaculizando el flujo de agua. La presión imprimida fue tal que, en el momento en que el alambre siguió su camino por la tubería, mi mano penetró de lleno en aquel mar de mugre, salpicando mi ropa y mi cara casi de manera instantánea. Ahora ya no quedaba un solo resto de mí que no detestara.

—Ten, sécate con esto, manitas —me dijo Lilith acercándome un trapo y sin poder disimular su sonrisa ante lo ocurrido.

Desde que se había levantado, ni una sola palabra acerca de la discusión del día anterior y mucho menos de lo ocurrido en el hostal. Había continuado su rutina diaria con una pasmosa facilidad.

—No digo que la situación no sea un tanto graciosa —dije secándome con el trapo—, pero me llama la atención tu tranquilidad después de lo ocurrido.

—Bueno… No es la primera vez que discutimos. Y no será la última. Quizá saqué un poco las cosas de quicio ayer. Hablaré con Laura…

—No me refería a lo que pasó anoche exactamente. ¿No crees que deberíamos hablar de la posibilidad de que el hombre del hostal esté malherido?

—Alpiel, te lo dije aquel día y te lo repito hoy. Déjalo estar y no remuevas más la mierda. Y no hablo del fregadero —dijo acariciándome el pelo y cogiendo una manzana del frutero—. Me voy, que llego tarde. Por la noche podemos cenar en ese restaurante vietnamita que tanto te gusta.

—Genial —respondí sin el más mínimo entusiasmo.

Y así, sin más, salió por la puerta.

Lilith trabajaba de profesora de inglés y alemán en un instituto cercano. Normalmente su jornada era de seis horas, aunque en ocasiones hacía alguna hora extra desde casa impartiendo clases *online*. Eran apenas las nueve de la mañana, lo que me dejaba todo el día para comerme la cabeza con lo ocurrido. Tenía que encontrar la manera de asegurarme de que aquel hombre se encontraba bien sin levantar sospechas.

Abrí el ordenador y busqué el teléfono del hostal. Lo anoté en el bloc que teníamos en la mesilla de la entrada. Tras unos minutos cavilando posibles escenarios, creí tener una buena estrategia para conseguir la información necesaria, así que cogí mi teléfono y marqué el número.

—Hostal Berlín, le atiende Maritza, ¿en qué puedo ayudarle?

—Hola, Maritza, aquí... Julián Mendoza. Tengo una pregunta un tanto inusual...

—Bueno, no se imagina la clase de preguntas inusuales que recibo cada día, así que no se preocupe.

—El caso es que me he hospedado en su hostal en varias ocasiones y en todas ellas me ha atendido un chico alemán muy amable, alto, de pelo negro...

—Hmmm, quizá se trate de Robert. ¿Sabe si trabajaba por las mañanas, tardes o noches?

—La ocasión…, las ocasiones en las que me topé con él fueron siempre por la mañana.

—En ese caso creo que se trata de Robert o Mathias, yo diría que el primero. Entre usted y yo, sería la primera vez que oigo a un cliente calificar a Mathias como amable —dijo entre carcajadas—. Es un gran tipo y muy habilidoso, pero la amabilidad no es su fuerte.

—¡No me diga! Por curiosidad, ¿Robert es fumador? Compartimos varias charlas durante sus pausas mientras nos fumábamos unos cigarros en la entrada del hostal.

—Vaya…, pues en ese caso habla usted de Mathias, es el único recepcionista que fuma. ¿Qué necesitaría de él? —dijo Maritza algo cortada después de haber calificado negativamente a su compañero.

—Pues estaba pensando enviarle unos chocolates como agradecimiento por el buen trato que recibí durante mi tiempo en el hostal.

—Es usted muy amable, estaré encantada de hacérselos llegar. De hecho, ahora más que nunca creo que recibir un regalo como ese le vendría genial.

—¿A qué se refiere?

—Ayer hubo un… incidente en el hostal y Mathias se encuentra actualmente en el hospital.

—No sabe cuánto lo siento. Espero que se encuentre bien.

—Sí, no se preocupe, seguro que en unos días está de vuelta.

—Me alegro. En ese caso quizá pueda enviárselos yo mismo, supongo que sería más rápido.

—Quizá debería preguntarle antes…

—Oh, vaya, sería una verdadera pena, porque arruinaría la sorpresa, pero lo entiendo perfectamente.

—Tiene razón, sería una lástima… ¿Sabe qué? Tome nota: Mathias está en la planta 1 del Bethanien Hospital, en Bornheim. Supongo que si llama, le facilitarán los datos para que le llegue a su habitación. Su apellido es Müller.

—¡Genial, Maritza! Le estoy muy agradecido. Seguro que coincidiremos pronto por allí en alguna otra visita que tenga a su preciosa ciudad.

—Es un placer, señor Mendoza. Aquí le esperaremos. Que tenga buen día.

Había estado en una ocasión en el Bethanien Hospital para una revisión sin importancia, así que conocía su ubicación y tenía cierta idea de cómo estaba estructurado por dentro. No debería ser muy difícil llegar hasta el cuarto donde se encontraba Mathias para comprobar que, como decía Maritza, se encontraba bien de los golpes propinados por Lilith.

Me di una ducha fría para despejarme, me calenté otro café y cogí mi casco. Hacía ya casi un mes que no utilizaba la bicicleta, así que tuve que inflar la rueda de atrás antes de ponerme en camino. Bornheim estaba relativamente lejos de Bockenheim, donde se encontraba nuestro apartamento, pero Fráncfort era una ciudad óptima para recorrer en bicicleta. Las pendientes eran casi inexistentes y podías llegar del extremo este al oeste de la ciudad en menos de cuarenta y cinco minutos.

Al bajar las escaleras, observé que los vecinos del primer piso estaban de mudanza. Como acostumbraba a suceder en Alemania, esto suponía que la mitad de sus enseres acabarían en la calle para quien estuviera interesado. Cuando llegué al portal, distinguí, entre una maraña de muebles, lámparas, libros y otros utensilios, un viejo casco de moto de color rosa. De repente, se me ocurrió que aquel casco podría ayudarme a cubrir mi rostro en el hospital. Lo alcé hasta la cabeza y confirmé que me servía, así que volví rápidamente a mi apartamento a dejar el caso de la bici y bajé con premura de nuevo para que nadie se me adelantara.

Soplé dentro del casco y usé la manga de mi camiseta para limpiar el polvo que se había acumulado en el cristal. A continuación, me lo puse y justo en ese momento salió mi vecino con una nueva caja de cosas inservibles. Me miró con algo de sorpresa y se le arquearon ambas cejas automáticamente al verme con el viejo casco de su novia.

—Te queda perfecto —dijo con media sonrisa antes de volver a desaparecer por el portal.

Eran las diez y media cuando me puse en camino. Después de una corta parada en el Grüneburgpark para fumar un cigarro y calmar los ánimos, proseguí mi recorrido hasta llegar a las puertas del hospital. Antes de entrar, vi que había una floristería justo enfrente y me pareció buena idea comprar un ramo de flores para hacerlo todo más creíble. Quizá hubiera visto demasiadas películas americanas, pero al menos el ramo serviría para cubrirme la cara si cabe aún más. Si aquel cabrón me veía, estaba perdido. Con el casco puesto y flores en mano, me adentré en el hospital.

La recepcionista, después de mirarme de arriba a abajo con cierta desconfianza, me preguntó por el nombre del paciente. Una vez cotejada la información en su base de datos, me indicó que pasara al primer piso. Allí la enfermera me informaría del cuarto exacto de Mathias. Ya quedaba un obstáculo menos para corroborar que aquel hombre no había quedado lisiado ni lesionado de por vida. El sentimiento de culpa se había instalado en lo más profundo de mi ser desde que habíamos huido del hostal sin auxiliarle, pero por suerte esa duda quedaría despejada muy pronto.

Al subir al ascensor, se apoderó de mí un nerviosismo que difícilmente podía ocultar, así que agarré el ramo de flores con ambas manos y lo puse justo delante de mi cara. Me temblaban las cuatro extremidades y sentí un profundo pavor cuando, en el último momento, antes de que la puerta del ascensor se cerrase, un hombre de sombrero y gabardina introdujo la mano en el hueco del ascensor y la puerta se abrió de nuevo.

—Buenos días —dijo mostrando claros síntomas de cansancio.

Parecía que aquel hombre hubiera esprintado desde la puerta para alcanzar el ascensor a tiempo. Después de recuperar el aliento, prosiguió.

—¿A qué piso va, señor?

En ese momento sentí los ojos de aquel hombre clavándose en los míos y mi mente comenzó a viajar. En apenas un par de segundos, me vi en las dependencias policiales. Allí, un detective me preguntaba de manera inquisitiva dónde me encontraba el día en el que el recepcionista había sido golpeado. Una luz cegadora proveniente de la pequeña lámpara ubicada en el centro de la mesa de interrogatorios estallaba contra mis pupilas y apenas me permitía apreciar la figura del policía. Mis manos estaban esposadas a la pata de la mesa, lo que dificultaba en buena medida secarme el sudor de la frente, que bajaba sin control por las rendijas de mis cejas y se detenía en mis párpados. Para ello debía encorvar mi cabeza y llevarla hacia las manos, con cuidado de no golpearme con la mesa al realizar dicho movimiento.

Justo cuando erguía el cuello para volver a la posición inicial, noté el aliento de aquel policía en el cogote. Asustado, mis piernas impulsaron hacia atrás mi cuerpo, el cual se vio frenado por las esposas, que justo en ese momento parecieron abrirse a causa del choque con la pata de la mesa.

—Digo que a qué piso va, señor —dijo aquel hombre de nuevo devolviéndome a la realidad.

Noté cómo el ramo de flores que sostenía se caía sobre mis pies y, aunque traté de responder, mis cuerdas vocales no consiguieron emitir ningún sonido más que un par de balbuceos ininteligibles. Entonces, aquel hombre se agachó para recoger las flores y las posó de nuevo sobre mis manos petrificadas, que mantenían la misma posición que cuando las sostenía.

—¿Se encuentra usted bien? ¿Quiere que llame a una enfermera?

—No es necesario —conseguí afirmar finalmente con apenas un hilo de voz—, voy al primer piso, gracias.

El hombre me miró extrañado y, tras vacilar por un segundo, asintió con la cabeza y dirigió el dedo hacia el botón que rezaba «Primer Piso – Hospitalizaciones».

Desafortunadamente, aquel hombre también iba al primer piso, así que esperé a que abandonara el ascensor para ponerme en movimiento.

—Que le vaya bien —dijo al salir, echando la mirada atrás y tomando el pasillo de la derecha.

Yo le respondí inclinando levemente la cabeza hacia abajo, haciéndole entender que todo estaba en orden. En cuanto aquel hombre desapareció de mi vista, sentí un gran alivio. Por desgracia, ese efímero sentimiento duró el tiempo exacto que tardé en darme cuenta de que estaba a apenas unos metros del hombre que había tratado de estrangularme la semana pasada. Comenzó entonces otra tortuosa caminata desde el ascensor hasta la mesa de registro donde se encontraba la enfermera.

—¿En qué puedo ayudarle? —dijo sin siquiera levantar la mirada.

—Venía a ver a un paciente —respondí con voz firme, tratando de aparentar calma.

—Rellene esta hoja con sus datos y escriba a su lado el nombre del paciente.

El desdén de la enfermera, que estaba claramente envuelta en multitud de tareas administrativas, hizo que apenas echara un vistazo a mi atuendo, lo cual me produjo cierta quietud. A pesar de lo ridículo de mi imagen, me sentía protegido detrás de aquel casco rosa. La enfermera tenía unos cincuenta años, era enjuta de carnes y su acento al hablar denotaba que su procedencia era con toda seguridad alguno de los países de Europa del Este. Usé el mismo nombre y apellido que había proporcionado a la recepcionista del hostal para cubrir el formulario de visita y utilicé una calle aleatoria de Fráncfort como dirección. Traté de hacer una firma que fuera lo más diferente posible de la mía y, cuando terminé de cubrir todos los campos, enganché el bolígrafo al soporte que tenía en la mesa y deslicé la hoja delicadamente hacia ella.

En ese momento, observé los nombres de los anteriores visitantes que figuraban en el formulario y me detuve tres líneas más arriba. Mi respiración comenzó a acelerarse y las manos comenzaron a sudarme. «Romina Andrada-Mondragón». Era el nombre de la protagonista de una ridícula novela filipina que Lilith me había hecho ver en repetidas ocasiones.

—Listo —dije señalando la hoja de registro, a la vez que intentaba aparentar normalidad.

La enfermera tardó en reaccionar unos segundos. Primero le dijo algo en su idioma natal al celador, que no pude entender. Después se sentó en la silla y comenzó a teclear en el ordenador. Sin apartar la mirada del monitor, recogió la hoja que había cubierto, cogió el teléfono y pareció confirmar mi visita con otra enfermera.

—El señor Müller ya ha recibido una visita hace un rato, así que trate de ser breve, por favor. No más de diez minutos, debe descansar.

—Claro, por supuesto, solo quiero dejarle estas flores y darle ánimos.

—Siga recto y gire a la izquierda al llegar al ascensor. Su cuarto es el ciento cuarenta y cinco.

—Muy amable —dije mientras comenzaba a caminar—, que tenga buen día.

No obtuve contestación de la enfermera, pero tampoco me importó. En cuanto pasé el ascensor y tomé el pasillo de la izquierda, respiré aliviado.

Aquel nombre ficticio en el formulario de visitas era demasiada coincidencia. ¿Qué otra persona en su sano juicio habría visto aquella absurda telenovela en Alemania y habría creído conveniente usar ese nombre en su visita al hospital? A pesar del estupor causado por aquel hallazgo, ahora debía concentrarme en ser muy silencioso y caminar con cautela hacia el cuarto ciento cuarenta y cinco, así que traté de dejar las cábalas acerca de aquel nombre para luego.

El primer número que vi era el ciento treinta y tres. Caminé con más brío del habitual hasta llegar a la altura del ciento cuarenta y dos. Entonces reduje el paso y los nervios volvieron a entrar en acción. Noté cómo el pulso se me aceleraba y el corazón hacía esfuerzos por saltar del pecho. El casco comenzó a sentirse como una auténtica losa que aplastaba mi cabeza y me hacía sudar lo indecible. Pasé el ciento cuarenta y tres. Comencé a arrastrar los pies para hacer el menor ruido posible. Ciento cuarenta y cuatro. Me paré unos segundos para tomar aliento y recorrí finalmente los últimos metros restantes hasta llegar al cuarto donde se encontraba Mathias.

Coloqué estratégicamente las flores a la derecha de mi cabeza de manera que pude mirar a través de ellas cuando reanudé el paso. La calma me invadió al ver a Mathias dormido plácidamente en la cama. No tenía tubos saliendo de la boca ni parecía tener nada grave. Solo pude apreciar un ojo morado, magulladuras varias en su cara y varios vendajes en la mano derecha y en las costillas. Al otro lado del cuarto, un joven postrado en la cama anexa a la de Mathias charlaba de manera distendida con el que parecía ser su padre.

Decidí entonces marcharme del hospital con la satisfacción de que todo quedaría en una anécdota y de que quizá el propio Mathias olvidaría lo sucedido al cabo del tiempo y no interpondría ninguna denuncia. Al fin y al cabo, no tenían ningún dato mío, ya que no había realizado una reserva previa en el hostal el día del incidente, así que era bastante improbable que la policía consiguiera dar conmigo o con Lilith. Cuando reanudaba la marcha, oí una voz dirigiéndose hacia mí.

—Oiga, amigo, ¿viene usted a ver a Mathias?

El padre del joven que compartía cuarto con Mathias me había visto desde dentro y supongo que le habría sorprendido mi fugaz marcha.

—Sí, venía a ver a mi amigo Mathias, pero he visto que está dormido, así que creo que será mejor que vuelva en un rato. La enfermera me ha dicho que debía descansar —dije sorprendiéndome de mi capacidad de improvisación.

—Entiendo, pero no vaya usted con las flores de aquí para allá, hombre. Yo se las puedo dejar al lado de su cama si quiere y ya cuando vuelva le dice que son de usted.

—Muy amable —dije mientras le daba el ramo de flores. Me alegré entonces de haber tenido la ridícula idea de coger el casco de moto en la calle, ya que desde ese momento me quedé sin parte de mi elaborado disfraz.

—No se preocupe. Por cierto, yo que usted me daría un buen paseo, no creo que se despierte por ahora. La chica que lo visitó se fue a eso de las nueve y media, vamos, hace unos diez minutos, y, por lo que pude oír desde fuera del cuarto, tuvieron una pequeña discusión y a él se le veía algo estresado. Por suerte, parece que al rato todo se solucionó y ella estuvo dándole su ración de comida. El pobre apenas puede sostener un tenedor con el aparatoso vendaje de su mano.

De repente algo me sobrevino.

—Vaya, no me diga. Por curiosidad, ¿cómo era esa chica?

—Más bien bajita, con rasgos asiáticos y tenía un lunar muy gracioso cerca del labio. Es su novia, imagino…

Mi corazón se paralizó en ese momento y no acerté a responder hasta pasados unos segundos.

—Sí, exacto, es su novia.

—Cosas de pareja, pues. De cualquier modo, creo que para su amigo es el momento de la siesta. Ya sabe usted que con el estómago lleno le entra a uno un sopor…

—Muchas gracias —dije de manera seca, tratando de finalizar la conversación lo antes posible—. Iré a la cafetería a tomar algo hasta que se despierte. Gracias por ayudarme con las flores.

—No hay de qué. Luego le veo. Yo andaré por aquí hasta que mi hijo consiga dormirse. Por cierto, ¿no tiene usted calor con ese cas…?

—Hasta luego, gracias de nuevo —le dije antes de que pudiera terminar su frase. Era una de esas personas a las que tienes que parar o te acaban contando su vida entera y yo tenía otras cosas en la cabeza en esos momentos, aparte de mi ridículo casco.

Al reanudar la marcha, observé que a mi derecha estaba ubicado uno de los aseos. Tras comprobar que estaba vacío, entré y cerré la puerta con seguro. Me dirigí al lavamanos y me quité finalmente aquel casco rosa. Me miré al pequeño espejo que tenía delante. Los nervios y el tiempo que había permanecido con el casco puesto habían hecho que mi pelo y cara estuvieran sudorosos. Mi frente tenía ahora nuevos pliegues de color rojo. Cogí un poco de agua con las manos y me froté la cara y el cuello. Me quedé un buen rato mirándome al espejo y dándole vueltas a todo lo que había pasado. Aquel nombre tan particular, la descripción de la chica que había dado aquel hombre. Todo apuntaba en la misma dirección. Saqué el móvil del bolsillo y marqué el número de Lilith. Quizá todo tuviera una explicación racional. Desafortunadamente, no obtuve respuesta, así que me volví a enfundar aquel estúpido casco y salí del baño.

Justo cuando reanudaba la marcha, oí unos pitidos provenientes del cuarto y la curiosidad hizo que desanduviera mis pasos. En apenas unos pocos segundos, una legión de médicos y enfermeras aparecieron corriendo por los pasillos del hospital con dirección al cuarto de Mathias.

—¡Abran paso! ¡Apártense! —gritaban mientras rodeaban su cama.

El semblante de Mathias había cambiado radicalmente y parecía estar expulsando espuma por la boca. Su cuerpo convulsionaba sin cesar y las enfermeras trataban de retenerlo en la cama. Una de esas enfermeras sacó un kit de reanimación y procedieron a darle varias descargas, con diferentes voltajes. El cuerpo de Mathias no parecía reaccionar. Entonces uno de los doctores levantó la cabeza y miró a la enfermera que le había puesto los electrodos. Ambos mantuvieron la mirada por unos segundos y la cara de la enfermera cambió por completo. Resopló, se secó el sudor de la frente con el dorso de la mano derecha y cubrió con una sábana el cuerpo. Mathias estaba muerto.

5

Todo estaba borroso. Giré el anillo de *zoom* hacia ambos lados, presioné el estabilizador, deslicé suavemente el dedo índice sobre el anillo de enfoque, pero la imagen seguía lejos de ser nítida. Retiré por un momento el ojo izquierdo del visor y comprendí rápidamente que la cámara no tenía nada que ver con la falta de enfoque. Mis ojos, cansados por la falta de sueño, se mantenían semicerrados y transferían imágenes borrosas a mi cerebro. Con la mano derecha probé a frotármelos en repetidas ocasiones, buscando una mejoría, pero solo conseguía focalizar la mirada por unos segundos hasta que todo se volvía a nublar. Los secretos que parecía esconder Lilith y los acontecimientos sucedidos en las últimas semanas me provocaban una sensación de agobio que difícilmente desaparecía por más de unos pocos minutos.

Había llegado pronto al Mainfest, uno de los festivales más populares de Fráncfort. Una revista de turismo me había contratado para sacar unas fotos. Lo que en otra época era una celebración donde se reunían pescadores y hombres del mar se había convertido ahora en un festival mucho más al uso y parecido al resto de eventos de hoy en día: carpas con música de todo tipo, puestos de comida de diferentes países y actuaciones varias. Todo a lo largo de ambos lados del río Meno. Tras pasear un rato por el antiguo barrio de Sachsenhausen, llegué a un puesto alquilado por el restaurante El Gaucho. Al lado de la caseta donde cocinaban y repartían comida había una carpa que anunciaba clases de tango impartidas por profesores de la escuela Tanguería.

A pesar de la gran diferencia cultural, había una buena cantidad de alemanes que apreciaba en gran medida el arte de bailar tango. Cuando llegué, estaban en plena exhibición y, como no podía ser de otra manera, decidí tomarme un instante para disfrutar de un espectáculo que me llenaba de júbilo en un tiempo donde la oscuridad parecía cernirse sobre mi cada vez con más fuerza. Charlé un rato con la chica que les daba vuelta a los choripanes y, tras un breve intercambio de impresiones sobre la ciudad de Buenos Aires, me cebó un buen mate y lo dejó sobre la mesa.

—Acá tenés, querido. Sacá buenas fotos, a ver si nos hacés ricos —me dijo con una sonrisa.

—Claro, déjalo de mi mano o, mejor dicho, de mi cámara.

Saqué mi Canon 4000, acerqué el objetivo al ojo izquierdo y me dejé llevar por *La cumparsita* de Gardel, que sonaba en aquellos momentos. Busqué el momento perfecto y lo encontré en los sugerentes movimientos de la mujer que bailaba con frenético ritmo junto al profesor de la escuela. Sus piernas se entrelazaban con las piernas del profesor, primero la izquierda y luego la derecha. Sus pies se deslizaban por el suelo como esas hojas que lleva el viento en otoño de un lado a otro. Entonces el torso de aquella mujer se inclinó hacia atrás y la cabeza cayó muerta hacia el suelo justo antes de que el hombre la sujetara con una delicadeza sublime.

Por un instante, la imagen de la muerte de Mathias me sobrevino al ver la cara inerte de la mujer y un escalofrío recorrió mi cuerpo. Ambos se miraron a los ojos por unos segundos hasta que él, con un movimiento firme y rápido, la levantó de golpe, como si le hubiera devuelto la vida. No haberse emocionado con aquel baile hubiera supuesto la extinción del ser humano.

Terminé de hacer las fotos y seguí mi camino a la vera del río. Atrás dejé la calma de aquel momento que me había llevado a mi Buenos Aires natal por unos minutos y me sumergí de nuevo en el frenesí del festival lleno de olores, colores y sonidos. Aquella cantidad de estímulos, capaces de atrapar a propios y extraños en cuestión de segundos, apenas producían cambios en mí. Llevaba varios días sin apetito y con la mente ocupada dándole vueltas a mis continuos problemas con Lilith. Problemas que se habían acentuado tras mi visita al hospital. No estaba del todo seguro, pero todo parecía indicar que ella había estado allí poco antes de su muerte.

Sin embargo, me lo había ocultado deliberadamente. ¿Por qué? ¿Qué necesidad tenía de mentirme sobre aquella visita? ¿Había tenido ella algo que ver con la repentina muerte de Mathias? No podía quitármelo de la cabeza. Lilith podía ser muchas cosas, pero un asesinato eran palabras mayores. Aun así, todo apuntaba hacia ella. Decidí entonces que la única manera de descubrir la verdad era investigando por mi cuenta, así que me apresuré a hacer unas cuantas fotos más a varios puestos de comida, gente disfrutando del festival y varias actuaciones que atraían al público. Después saqué de mi bolsillo el teléfono móvil y la llamé.

—Hola, mi amor. ¿Qué tal?

—Hola, Alpi. Bien, ¿y tú? ¿Está todo bien?

—Claro, todo genial. Me estaba tomando un descanso entre foto y foto y he querido llamarte para saber cómo estabas.

—Oh, gracias, cariño. Estoy bien, pero debo volver a clase. Todavía me quedan cuatro horitas más para salir. ¿Qué tal el festival?

—Como todos los festivales: gente borracha, música, comida. Te puedes hacer una idea…

—Bueno, dicho así tampoco parece tan malo. Ya me cuentas más en casa. Nos vemos por la tarde, ¿*ok*? Un beso, disfruta del resto del festival.

—De acuerdo, no trabajes mucho. Un beso.

Aquel era el momento perfecto; en apenas media hora podía llegar a mi casa en transporte público. Una vez allí, disponía de más de tres horas y media para tratar de encontrar alguna pista que indicara que Lilith había estado en aquel hospital. Guardé mi equipo en la mochila, mandé un mensaje de texto a la revista indicando que ya había terminado el trabajo y que en la noche enviaría las fotos por *email* y me dirigí a la parada de tranvía. Para este trabajo no había usado mi cámara analógica, sino la digital que utilizaba para encargos laborales que requerían de cierta rapidez, así que no tenía que preocuparme del revelado y tratado de las fotos.

Fue probablemente la primera vez en mi vida que me alegré de haber dejado atrás mi vieja Canon EOS5 que tanto me había acompañado desde que la comprara en un estudio de fotografía de Nueva York. Las fotos de una cámara digital nunca tendrán el componente de realidad que te da una cámara analógica. El carrete de revelado hace que el fotógrafo se lo piense dos veces antes de apretar el gatillo, ya que tiene un número limitado de oportunidades. Esto depura su técnica y mejora su entendimiento de los momentos fotográficos. Un fotógrafo que no ha usado una cámara analógica no debería siquiera ser considerado fotógrafo.

De camino a casa, iba imaginando posibles lugares en los que buscar indicios de la participación de Lilith en la muerte del recepcionista. Mi imaginación dibujaba también situaciones ficticias de todo tipo. Quizá el destino había hecho que yo acabara en el hostal donde trabajaba su amante y este me habría golpeado al vernos discutir. Para salvar nuestra relación, ella se habría visto abocada a acudir al hospital y lo habría envenenado con algún tipo de sustancia. Otra posibilidad era que Lilith no tuviera nada que ver; al fin y al cabo, no era la única chica de aspecto asiático en Fráncfort, ni mucho menos, y no tenía ninguna prueba de que ella hubiera estado allí, salvo la conversación con el padre de aquel joven que compartía cuarto con Mathias y aquel extraño nombre del formulario de visita. Aquella vaga descripción de la chica no era motivo suficiente para desconfiar de Lilith. Tampoco un nombre del que ya comenzaba a desconfiar si había leído correctamente.

En ese momento comencé a arrepentirme de mis oscuros pensamientos, pero en ningún caso ese arrepentimiento consiguió desvanecer la curiosidad que sentía y que necesitaba ser saciada cuanto antes, así que proseguí mi camino sin más dilación.

Giré la llave dentro de la cerradura y empujé suavemente la puerta del apartamento. A pesar de que Lilith me había asegurado que seguiría dando clases por unas horas, grité su nombre varias veces antes de adentrarme en casa. Quería estar completamente seguro de que estaba solo. La ausencia de respuesta me tranquilizó, así que cerré la puerta y dejé la llave metida en la cerradura para evitar que ella pudiera entrar en caso de una inesperada y temprana vuelta a casa.

Fui directo a nuestra habitación y comencé a inspeccionar palmo a palmo todos los rincones del cuarto. Abrí los cajones de la cómoda, separé la ropa interior, levanté la ropa del armario, busqué concienzudamente en los cajones de la mesilla de noche y rastreé hasta el último centímetro del escritorio. Nada. No había pista alguna que indicara algo sospechoso.

Seguí con la sala de estar. En la parte superior del mueble bar había un sinnúmero de papeles, así que fui separándolos poco a poco. Viejos boletos de avión, recibos de compra, cartas de pago, postales de navidad y un foto-puzle de los dos en las montañas de Chocolate Hills, en Bohol, que Lilith me había regalado por mi cumpleaños. Abrí uno a uno los cajones del aparador, pero una vez más no pude encontrar nada que se saliera de lo normal.

A pesar de que era muy improbable, le di un par de vueltas a la cocina, husmeé el cuarto de baño e incluso busqué en el pequeño cuarto de revelado al que Lilith nunca entraba. Tras recordar brevemente algunas películas de detectives, acerqué una silla a la ventana de la sala y me puse de pie en ella para poder llegar a las plantas que colgaban del techo. Entonces me sorprendí sacando las macetas de los colgadores en busca de algún papel o pista incriminatoria que por supuesto nunca aparecería.

En cuanto me di por vencido, me dirigí a la cocina, saqué una olla y una sartén y comencé a preparar espaguetis con vegetales. Habían pasado ya varias horas desde mi llegada y, al poco de terminar de cocinar, Lilith apareció por casa. La recibí con un beso y se fue directa, como era costumbre en ella, a quitarse la ropa en la habitación para darse una ducha.

—No tardes, que la comida se enfría —le recordé.

—Solo dame diez minutos y estoy fuera.

Mientras esperaba, fui poniendo la mesa, los cubiertos y las servilletas. Después, volví al dormitorio para buscar el ordenador portátil y así poder reproducir alguna película durante la comida. Lilith había dejado toda la ropa por el suelo, algo que me ponía enfermo. Su estricta organización alemana que tanto me irritaba diariamente desaparecía al completo cuando se trataba de su ropa. Lilith era absolutamente incapaz de organizar su propio armario y su ropa se amontonaba siempre una encima de otra sin ningún sentido aparente. A menudo me imaginaba su cabeza de un modo similar, un montón de ideas apelotonadas unas encimas de otras buscando poder ser expresadas.

Recogí su jersey y lo colgué de la silla. Cuando estaba haciendo lo mismo con sus vaqueros, palpé un bulto en el bolsillo derecho. Introduje la mano y saqué un fajo de papeles doblados en forma de tubo. Los desenrollé y pude comprobar que eran cuatro recibos del cajero. Al principio no le di importancia y estuve a punto de tirarlos a la basura de la cocina, pero entonces noté algo raro. Todos los recibos eran de extractos de cuantiosas sumas de dinero, en total dos mil euros. Una suma lo suficientemente grande para que Lilith lo hubiera mencionado en algún momento. Entonces mis ojos fueron directos a la fecha y hora del recibo y un pequeño escalofrío me recorrió el cuerpo. Trece de abril del 2021, ocho y cinco de la mañana. Tan solo unas horas antes del día en que Mathias había muerto en el hospital.

6

Los días transcurrían y con ellos se acrecentaba mi desconfianza en Lilith. Aunque no tenía la certeza absoluta, sabía que de alguna manera ella estaba involucrada en algo turbio. La única razón por la que no trataba el tema de manera directa con ella era porque en el fondo no quería averiguar que la persona con la que había compartido mi vida durante los últimos años era en realidad una asesina o una criminal.

Prefería permanecer con la duda, al menos así quedaba todavía la esperanza de que todo aquello fuera un malentendido, por poco probable que fuera. Pero, como era de esperar, esa estrategia no acababa de funcionar y solo provocaba más discusiones con Lilith, que no entendía mi distanciamiento y yo vivía en una situación de estrés continuo provocada por la incertidumbre que me generaba todos y cada uno de sus movimientos.

Aquel día, y tras varias noches sin apenas dormir, me fue relativamente fácil quedarme rendido en la cama incluso antes de que Lilith llegara de su última clase. Terminé el poco té que quedaba en la taza, la apoyé en la mesilla de noche y suspiré profundamente mientras me recostaba sobre el lado derecho. Mis ojos se fueron cerrando poco a poco hasta que todo desapareció.

Niebla, calor y una luz muy tenue. Estaba en mi cama, pero desde luego no en mi habitación. Podía sentir el olor a pasto a pesar de no poder distinguir nada más lejos que el pie de mi propia cama. Era como estar flotando, no tenía seguridad de que debajo de mi hubiera algo. Casi como por arte de magia, la niebla fue descubriendo una silueta de mujer sentada en el suelo. Sus largas rastas rubias bajaban de la cabeza hasta los senos, permitiéndome ver solo una pequeña parte de la cara y un extraño colgante de oro que pendía del cuello. Aquella imagen hizo que mi piel se erizara. Había un extraño magnetismo detrás de esa figura que no alcanzaba a comprender. El miedo inicial daba paso a una curiosidad inusitada. Quería acercarme, levantar su cara, ver aquel rostro de cerca. En un principio creí que estaba semidormida o simplemente con la mirada perdida hacia el suelo, pero al fijarme detenidamente alcancé a ver que sostenía un libro abierto con unos desconocidos símbolos grabados en el exterior.

En cuestión de un parpadeo, la niebla desapareció por completo y la curiosidad volvió a convertirse en miedo. Aquella mujer continuaba en la misma posición, no se había movido ni un ápice. Sentí un profundo temor de volver a parpadear porque no sabía qué podía ocurrir en cuestión de segundos. Traté de aguantar hasta que no pude más. Mis ojos se cerraron y tardé varios segundos en abrirlos de nuevo. De repente sentí su aliento en mi cara y abrí repentinamente los ojos, temiendo lo peor. Sus grandes ojos negros estaban clavados profundamente en mí. Aquella sensación solo era comparable a la que había tenido cuando conocí a Lilith y vi sus ojos por primera vez. Esa forma de mirar, de examinar concienzudamente el alma de alguien, como si conociera todo lo que ocurría dentro de mi cabeza.

La cara de la misteriosa mujer estaba a apenas unos centímetros de mí. Su rostro era blanco, inmaculado, y sus rasgos faciales eran finos y sutiles. Uno parecía perderse en su cara, subiendo por su nariz, deslizándose por aquellos labios carnosos. El miedo no evitó que mi mente comenzara a imaginarse escenas subidas de tono. De repente noté mi pene completamente erecto y vi como su mirada se dirigía justo a mi entrepierna. Antes de poder reaccionar ella estrechó sus brazos y con una fuerza descomunal me bajó los pantalones. Mi miembro al descubierto y unos grandes ojos negros que lo miraban con fervor.

Un nuevo parpadeo y un nuevo escenario. Mi cama había desaparecido, el olor a pasto inicial había cobrado vida y me encontraba ahora desnudo en medio de una pradera. Aquella mujer rubia de ojos negros se abalanzó sobre mí y comenzó a devorar mi pene con una furia desmedida. El placer se mezclaba con dolor y traté de detenerla.

—¡Detente, por Dios! —le grité repetidas veces—. ¡Para, por favor!

Traté con insistencia de separar aquella boca que tenía mi pene atrapado con una energía sobrenatural, pero era irremediable. Pronto el semen comenzó a brotar a borbotones por su boca, aunque su energía no cesaba. Solo fijó su mirada en la mía y continuó su labor, sin inmutarse. El placer se transformó entonces en un insoportable dolor. Traté de gritar, pero las palabras no salían de mi boca. Era consciente de que aquella era la única salida. Solo gritar haría que todo cesase. Volví a intentarlo con más fuerza y a punto estuve de emitir un sonido. Hice fuerza con el esternón. Comprimí los pulmones al máximo y al fin fui capaz de que mi voz se oyera.

—¿Te encuentras bien, Alpi?

La voz de Lilith me trajo de vuelta a la realidad. Estaba en mi cama, empapado en sudor. Me llevé las manos a mis calzoncillos y noté el semen reseco desbordado por toda mi entrepierna. Me levanté súbitamente y corrí hasta alcanzar el baño. Me metí dentro y cerré la puerta de golpe. Pasé el pestillo y me quedé de pie temblando. ¿Qué demonios acababa de suceder?

7

Desde aquella primera pesadilla, otras tantas le sucedieron los días posteriores. Todas ellas ocurrían en distintos lugares y se desarrollaban de manera diferente. Sin embargo, en todas y cada una de ellas aparecía aquella misteriosa mujer con la que terminaba teniendo relaciones sexuales de una forma abrupta, lasciva y sumamente dolorosa.

La falta de sueño había provocado en mí estados continuos de desconcentración. El temor a sumirme de nuevo en las pesadillas hacía que mi corazón palpitara con una inusitada rapidez. Me pasaba horas enteras en mi cama, observando los matices del color blanco del techo. En ese estado de semiinconsciencia, todo tipo de pensamientos pasaban por mi mente. A veces giraba la cabeza para ver dormir a Lilith y creía ver a aquel ser que me devoraba sexualmente en sueños. Entonces me apartaba de golpe y Lilith se despertaba malhumorada pidiendo que me durmiera.

Sentía una presión intermitente en la frente y un ligero pero constante zumbido en el oído que difícilmente desaparecía. Las canas se habían multiplicado en cuestión de semanas, notaba las piernas mucho más pesadas, las arrugas de mi cara habían ido configurando cambios en mi rostro que, en una situación normal, se hubieran producido tras muchos años de envejecimiento. Un continuo olor a pan quemado se había instalado en mis fosas nasales y no parecía desaparecer.

Había perdido tanta fuerza y vitalidad que la posible participación de Lilith en la muerte de Mathias había quedado en un segundo plano. Ella había sido testigo de mi deterioro físico y mental, pero lo achacaba a la falta de sueño y de un oficio que ocupara mis horas productivas.

—Claro que no estás bien, Alpiel. No desayunas, comes a deshora, apenas bebes agua, trabajas de Pascuas a Ramos. Ya no eres un niño y los años pasan factura.

—¿De verdad crees que esas son las razones de estos cambios repentinos? —le contesté, dando un manotazo a la mesa de la sala.

—Todo influye. No digo que sea lo único, pero seguro que tiene mucho que ver.

—No sabía que no beber suficiente agua causaba pesadillas e insomnio. Es la primera noticia que tengo…

—No reduzcas mis palabras a la anécdota. Siempre haces lo mismo. Te quejas, pero no buscas soluciones. Si quieres que algo cambie, tendrás que empezar por hacerlo tú mismo.

—Desde mañana mismo empiezo a beber más agua, entonces —dije irónicamente.

—¡Eres un idiota, Alpiel! —gritó Lilith—. Es imposible hablar contigo. La culpa es mía por tratar de ayudarte.

El olor a quemado se intensificó en mi nariz y un fuerte calor comenzó a invadirme en cuanto la discusión subió de tono.

—Como también trataste de ayudar a… —En ese momento se me quebró la voz y no pude seguir. Por suerte o por desgracia, el nombre de Mathias no salió de mi boca.

—¿A quién? —dijo Lilith, mirándome extrañada—. ¿A quién he tratado de ayudar aparte de a ti?

—Nada, olvídalo. No tiene importancia.

Lilith se quedó un rato pensativa y tras unos segundos continuó.

—Si hablar conmigo te es imposible, busca al menos alguien que te escuche y te pueda ayudar.

—¿Te refieres a un psicólogo?

—Me refiero a ayuda profesional para que entiendas qué te ocurre.

—Ya sabes mi opinión acerca de los loqueros… —Antes de terminar la frase, me arrepentí de haberla pronunciado, ya que me imaginé la reacción de Lilith.

—Olvídalo —dijo furiosa mientras me daba la espalda.

—Espera. Quizá tengas razón —dije agarrándola del brazo. Mi opinión acerca de los psicólogos y su nula capacidad de ayuda no había cambiado. Sin embargo, me encontraba en un callejón sin salida y toda solución, por poco factible que pareciera, debía ser considerada.

Al poco de terminar mi conversación con Lilith, ella se dirigió al cuarto, ya que tenía programada una clase *online* de alemán. Yo aproveché ese momento para hacer una búsqueda en internet de algunos psicólogos que tuvieran buenas críticas. Hice un par de llamadas, pero desafortunadamente no conseguí ponerme en contacto con ninguno, así que, como tenía algo de tiempo libre, decidí acercarme yo mismo hasta las consultas para tratar de agendar una cita.

Bajé al sótano, le quité el candado a la bicicleta y me puse en marcha. Recorrí tres consultas en las proximidades de Bockenheim. Descarté la primera opción porque el psicólogo hablaba únicamente alemán y la segunda porque la lista de espera para ser atendido era tan larga que la primera cita disponible era en tres semanas. Finalmente, programé una visita con un psicólogo ubicado en la Kasseler Strasse, a escasos quince minutos andando de mi casa.

Como Lilith seguía dando clases, me acerqué a Ypsilon Buchladen, una de mis cafeterías habituales, a pesar de que estaba un tanto alejada. Un fantástico lugar para tomar un café y ojear algunos libros. Tras pedir un café con leche grande, dejé mis cosas en la mesa más alejada de la entrada, en la esquina más angosta, pero también la más tranquila para leer. Me levanté de la silla y recorrí las estanterías de Ypsilon sin saber muy bien qué buscaba. Primero cogí un libro de conversaciones con Sartre. Lo bueno de este tipo de libros es que uno podía sumergirse de tal manera en el diálogo que a veces hasta conseguía transportarse y visualizarse a sí mismo conversando con gente a la que admiraba con pasión. Esos viajes mentales ayudaban a mitigar el dolor emocional que llevaba meses soportando y a olvidarme de las preocupaciones.

Antes de sentarme, me adentré más en los pasillos de Ypsilon hasta llegar a una sección que rara vez tocaba: esoterismo y ocultismo. Había un par de libros sobre la cábala que me llamaron la atención. Los ojeé brevemente y, cuando me di por satisfecho, los puse de nuevo en su lugar y comencé mi camino de vuelta hacia la mesa. Justo al girarme y sin saber muy bien de dónde, un libro cayó directamente a mis pies. Al impactar contra el suelo, quedó abierto dejando ver un pequeño dibujo en una de sus páginas, donde había varios símbolos escritos que me resultaban familiares.

Me agaché para recogerlo y finalmente pude reconocerlos; eran idénticos a los del libro que la mujer de mis pesadillas estaba leyendo. Aquel hallazgo había hecho que mi corazón palpitara más fuerte y que un extraño calor se apoderara de mí. Acerqué la página a los ojos un poco más. La tipografía de los símbolos era un poco distinta, los colores también, pero me hubiera jugado algo a que estaban relacionados entre sí. En la parte inferior de la página rezaba la siguiente aclaración acerca del dibujo: «Documento encontrado el siglo pasado en lenguaje enoquiano». No tenía ni la menor idea de cuál era aquel lenguaje, así que seguí pasando hojas del libro en busca de obtener más información. Había varias referencias a figuras demoníacas, rituales y conjuros.

Lo cerré con la intención de llevármelo a la mesa y poder leerlo en detalle, pero justo al girarlo para ver la portada, un calor insoportable se apoderó de mis manos e hizo que soltara el libro de golpe. La mujer de mis pesadillas sentada en una posición inverosímil figuraba en la portada del libro. Justo debajo de su figura se podía leer: *Súcubos, un libro de Madame Barbosa.*

8

—Dime, Alpiel, ¿cómo puedo ayudarte? —dijo el psiquiatra mostrándome el sillón e invitándome a tomar asiento.

—La verdad es que no lo tengo muy claro. Es decir, creo que el único que puede ayudarme soy yo mismo.

—Bueno, si me explicas lo que te sucede, quizá podamos valorar si eso es así o no, pero antes debo saber exactamente qué te ha traído hasta aquí; de lo contrario, me será muy complicado emitir un juicio.

—En realidad, mi pareja me ha traído hasta aquí, o quizá yo mismo al obsesionarme con una relación que a vista de todos era imposible.

—Ya veo. No obstante, entiendo que el hecho de que estés aquí supone que, a pesar de tener esa certeza, quieres encontrar una manera de que la relación con tu pareja funcione.

—Desde luego que no quiero perderla, pero ahora mismo me preocupa más mi propia salud. No sé qué demonios me está ocurriendo…

—¿A qué te refieres? Es normal pasar por procesos de estrés durante las relaciones de pareja que a menudo dejan huella en nosotros.

—No se trata solo de eso. Son también estos delirantes sueños que he comenzado a tener desde hace semanas. Le prometo que son de lo más reales y es como si, después de cada uno de ellos, me despertara de un letargo de meses. Es un cansancio que no desaparece, se queda instaurado en mí para siempre.

—Cuéntame más acerca de esos sueños. A menudo están relacionados con algún trauma del pasado que hemos tratado de olvidar.

—Para ustedes todo tiene que ver con traumas del pasado. Dígame, ¿qué trauma de mi infancia o adolescencia me lleva a soñar con una mujer que me acecha y me viola hasta dejarme completamente exhausto?

—Bueno, Alpiel, con la información que tengo es complicado definir el origen exacto de esos sueños. Para ello debería tener muchos más datos sobre tu vida, no solo sobre tu vida actual, sino sobre tus orígenes, relaciones familiares, con amigos, etc. —contestó el psiquiatra con aire relajado.

—Pues mire, ya le puedo resumir que nadie abusó de mí cuando era pequeño, ni tuve una infancia especialmente difícil, tampoco he sufrido de falta de cariño cuando era crío. He tenido una infancia y una vida normales. Creo que venir aquí ha sido un error. Es usted el tercer psiquiatra que viene con los mismos cuentos. Les encanta a ustedes teorizar sobre los problemas ajenos, pero nunca ofrecen soluciones a sus pacientes —dije levantándome del asiento.

—Cálmate, Alpiel, solo trato de ayudarte, nada más.

—Son ustedes una vergüenza para la comunidad científica. Se leen cuatro libros de autoayuda, usan datos de estudios de dudosa procedencia y ya se creen con la potestad de evaluar los actos y pensamientos de una persona.

—Mi trabajo es ayudarte a encontrar soluciones a tus problemas, Alpiel, pero en última instancia tú eres el que debes tener la voluntad de solucionarlos y me da la impresión de que todavía no estás preparado.

—Claro, y eso es fantástico para usted, ya que de esa manera puede cobrarme otras tres o cuatro sesiones más hasta que me vea preparado. Ahí ya podemos pasar a la terapia más intensiva y, después de cuatro o cinco meses y dos mil euros menos en mi cuenta corriente, me contará usted que mis pesadillas se deben a que, cuando era bebé, mi madre no acudió a mi cuna un día cuando lloraba y ese trauma ha perdurado de manera inconsciente hasta el día de hoy. ¡No, gracias! Ya tiene mi número de cuenta. Pase allí la factura de la consulta de hoy, que ya me encargaré de devolverla —dije cerrando la puerta de golpe.

Quizá había perdido la paciencia demasiado pronto, pero ya había pasado por varios loqueros en las últimas semanas y tenía la impresión de que todos estaban más interesados en seguir extendiendo las visitas en el tiempo que en encontrar una solución a mi problema. Con alguno había ahondado un poco acerca de las pesadillas, pero a ninguno le había contado ni el incidente con Mathias ni el hallazgo que había hecho en Ypsilon. ¿Cómo explicar que en un libro caído del cielo se hallaba la mujer de mis pesadillas? Me podía imaginar alguna de sus brillantes elocuciones tratando de explicar aquel suceso, su mirada juzgadora clavada en mi rostro. En lugar de perder el tiempo con más psicólogos, decidí que lo mejor sería investigar por mi cuenta.

Había adquirido una copia del libro de Madame Barbosa pocos días después del descubrimiento realizado en la librería y lo llevaba siempre conmigo a cualquier sitio que iba, así que me dirigí a Biegwald, un pequeño bosque cercano a mi vivienda, lleno de paz y con un sinfín de recovecos escondidos donde poder dar una buena lectura sin interrupciones. Recorrí Ludwing-Landmann Strasse hasta toparme de lleno con la pequeña tienda turca que hacía esquina en la entrada del bosque.

Uno podía recorrer aquellos trescientos o cuatrocientos metros casi con los ojos vendados. El olor a kebab y pollo frito era tan intenso que cualquier olfato funcional era capaz de detectarlo a larga distancia. A veces me preguntaba en qué punto el estado comenzaría a legislar los olores. Al fin y al cabo, todos los anuncios y publicidad que veíamos por la calle estaban sujetos a ciertas normas y leyes. Sin embargo, uno podía inundar la calle de olores que harían que a cualquiera se le abriera el apetito sin ningún tipo de restricción. Qué mejor publicidad podía existir que esa.

Busqué una zona refugiada del viento que se había levantado en la zona. Un viejo tronco que yacía horizontalmente me sirvió de banco. Me senté con las piernas estiradas y volví a devorar aquel libro de principio a fin. Al parecer, los súcubos eran una especie de demonios de la mitología occidental que se presentaban en los sueños de los hombres seduciéndolos y absorbiendo su energía vital, normalmente a través de relaciones sexuales. La figura del súcubo había sido representada de muchas maneras a lo largo de los años y había estado presente en multitud de culturas. Una escritura budista prometía a los que rezaban a Avalokiteśvara que no serían atacados por «demonios que drenan la energía o que tienen relaciones sexuales en sueños».

En la cultura árabe, los súcubos recibían el nombre de *qarînah* y su origen se remontaba a la civilización egipcia. Para ellos, los súcubos vivían entre nosotros, pero tenían la capacidad de no ser detectados. A pesar de que solo aparecían y atacaban a la víctima en sus sueños, algunas personas clarividentes eran capaces de reconocer su espíritu en el cuerpo de algunos perros o gatos.

Toda aquella información hubiera carecido de mayor relevancia para mí si la hubiera leído en otra situación. No era una persona que tuviera gran consideración por el mundo sobrenatural; normalmente aquello me hubiera parecido un cuento de hadas, una de tantas historias fantasiosas creadas por el hombre cuando no tiene capacidad para explicar algo que escapa de su lógica. Sin embargo, muchas de las piezas encajaban a la perfección: el sexo lujurioso, el sentimiento de agotamiento posterior, la falta de vitalidad y, lo más importante, la silueta de aquella mujer en la portada. Si al súcubo se le habían atribuido tal cantidad de formas diferentes durante cientos de años, ¿cómo era posible que aquella escritora hubiera dibujado exactamente la misma mujer que se aparecía en mis sueños?

La vibración del móvil en el bolsillo de mi cazadora me devolvió a la realidad. La pantalla marcaba cinco llamadas perdidas de Lilith. Eran ya las seis de la tarde, lo cual quería decir que llevaba más de cuatro horas leyendo y elucubrando posibles teorías. Llegaba dos horas tarde a mi cita con ella, así que guardé mi libro en la mochila y me puse a caminar con ritmo rápido. Pensé en llamarla por el camino, pero sabiendo que me esperaba una agria discusión, preferí postergarla y disfrutar al menos del paseo de vuelta a casa.

Justo cuando cruzaba el pequeño parque ubicado enfrente de mi casa, vi pasar a Carsten y Beatrix. Mi primer impulso fue, como a menudo, actuar como si no los hubiera visto, de modo que giré la cabeza hacia el lado contrario, hurgué rápidamente en mi bolsillo y saqué el móvil. Era una estrategia que solía funcionar, pero no con Carsten y Beatrix.

—¡Alpiel! —gritó Carsten repentinamente. Mi nombre era lo suficientemente singular como para descartar la posibilidad de hacerse el despistado, así que me volteé, puse cara de sorpresa y me dirigí hacia ellos.

—Bea, Carsten, pero ¡qué bueno verlos! ¿Cómo les va?

Antes de responder, Bea se lanzó directamente a darme un abrazo. Esperé hasta el último momento para moverme con la esperanza de que desistiera, pero no pareció importarle. Me estrujó entre sus brazos como el que abraza un árbol del parque.

—Acabamos de regresar de hacer un poco de *jogging*—dijo Bea.

—Sí, me he dado cuenta —dije secándome el sudor de Bea de los brazos.

—¡Tenemos que quedar para cenar! Hace mucho que no organizamos algo los cuatro —dijo efusivamente Bea.

—Sí, esto hay que solucionarlo de alguna manera. El problema es que ahora mismo me cogéis con algo de prisa. De hecho, había quedado con Lilith y llego bastante tarde…

—Oh, vaya… Oye, pero si no habéis cenado, podéis pasaros por casa después y cenamos los cuatro ¿qué te parece?

Era evidente que Bea y Carsten no acababan de entender que no nos caían bien. La gestualidad, las excusas e incluso los gritos durante la noche loca con Lilith no les habían encendido ninguna luz en su pequeño cerebro, así que creí conveniente poner en práctica una táctica un poco más eficaz.

—No. No me parece —dije mientras me daba vuelta y continuaba mi camino.

Si aquello no había dejado claro el interés nulo en quedar con ellos, entonces ya no tenía ni la menor idea de cómo hacerlo.

Recorrí el resto del camino con paso firme hasta que llegué a la altura de nuestro apartamento. Al abrir la puerta, me encontré a Lilith sentada a la mesa masticando un trozo de berenjena rellena que parecía haber preparado para la cena.

—Siento llegar tarde, Lil, se me fue el santo al cielo.

Sin mediar palabra, Lilith se levantó de la mesa, cogió su plato ya vacío y lo puso en el fregadero. Después alcanzó un vaso de la despensa, abrió el grifo del agua y le dio un buen trago.

—Tienes comida en el microondas, si es que no has cenado todavía —dijo sin siquiera mirarme a la cara.

Cuando se dirigía a la habitación, la paré en seco con la mano.

—¿Qué coño quieres? ¿No das señales de vida durante dos horas y ahora te entran las prisas para hablar?

—Cálmate y déjame explicarte…

—No hay nada que explicar, me da exactamente igual lo que estuvieras haciendo. Si no tienes la empatía necesaria para avisar a tu pareja de que llegas tarde, aún encima de que cocina para ti, no me interesa nada de lo que tengas que decir.

—Mi cita con el psicólogo se alargó más de lo que pensaba. Creí que eso es lo que querías, que buscara ayuda…

—Ya veo… Y estabas tan abstraído en la consulta que ni un mensaje pudiste mandarme. Por curiosidad, cariño, ¿qué tal con el psicólogo?

—Una pérdida de tiempo y dinero, como había previsto.

—No hace falta que sigas, ya me imaginaba la conclusión. No sé siquiera para qué te aconsejo. Eres un ignorante que piensa que nadie más en el mundo puede ayudarle con sus problemas, ¡un maldito ignorante! —dijo levantando la voz.

—En primer lugar, te agradecería que no me faltaras al respeto y, en segundo, que bajaras la voz.

—¿Que baje la voz? ¿Y si la subo un poco más? ¡Un poco mááás! —gritó Lilith completamente fuera de sí—. No parecía importarte tanto el volumen de mi voz cuando me follabas la noche pasada.

—Estás completamente zumbada, de psiquiátrico.

—Claro, como siempre yo soy la loca y tú el cuerdo, quizá es porque soy a la única que le importa esta jodida relación. La única que se esfuerza en que esto funcione.

—¿Ah, sí? ¿Y hasta qué punto llegarías para que esto funcione?

—¿De qué carajo me estás hablando?

En ese mismo instante saqué los recibos del cajero que había encontrado en los pantalones de Lilith y los tiré sobre la mesa de la cocina.

—De eso hablo. ¿Para qué sacaste dos mil euros el viernes trece de abril?

Lilith se acercó a la mesa, cogió los recibos y, tras desmenuzarlos de arriba abajo, me los lanzó a la cara.

—¿Y a ti qué mierda te importa qué hago yo con mi dinero?

—¿Tú o Romina Andrada-Mondragón?

En ese momento a Lilith se le cambió la cara y pude notar su nerviosismo al ver sus dedos encogerse poco a poco hasta que sus uñas se toparon de bruces con las palmas de sus manos.

—¿Cómo…? ¿De dónde has sacado ese nombre…?

—Ya puedes dejar de fingir. Estuve en el hospital, Lilith…

Tras unos segundos de duda, Lilith continuó en un tono mucho más calmado.

—Lo hice por nosotros, Alpiel. ¿Pensabas que no me preocupaba que ese hombre pudiera acudir a la policía y acusarnos? ¿Creías que solo tú pensabas en eso a todas horas? Tomé la decisión de ir yo sola y ofrecerle ese dinero para que nos dejara en paz. Y te dejé al margen porque tu torpeza en estas situaciones no habría hecho más que complicar las cosas.

—¿Y en qué momento del plan decidiste asesinarlo?

—¿Quééé? ¿De qué demonios estás hablando?

—Mathias está muerto, Lilith, ¡muerto!

—No puede ser… —El cuerpo de Lilith se balanceó por un momento y echó las manos sobre la encimera de la cocina para no caerse—. ¿Estás seguro?

—Estuve allí, Lilith. Estuve en el maldito hospital. En el cuarto de Mathias. Donde tú le diste de comer antes de que casualmente se le parara el corazón. ¿Qué demonios has hecho?

Las lágrimas comenzaron a correr como un torrente por la cara de Lilith. Su cara se volvió roja como un tomate maduro y su maquillaje se fue difuminando sobre sus mejillas formando unos zigzags casi perfectos.

—¿De verdad crees que yo he tenido algo que ver? —dijo Lilith completamente hundida—. ¿Asesinarlo? ¿Piensas que sería capaz de algo así?

Lilith comenzó a hiperventilar y caminó con dificultad hasta la ventana de la cocina, un diminuto cristal que daba directamente a un patio de luces. La abrió y trató de tomar aire. Si Lilith estaba fingiendo, se hubiera merecido el óscar a la mejor interpretación. Al verla sufrir sin apenas poder respirar, no pude evitar acercarme a ella. Le pasé el brazo sobre su hombro y en cuestión de segundos estábamos abrazados. Sentía las lágrimas de Lilith corriendo sobre mi espalda. Húmedas y calientes.

Pasados unos segundos, me disculpé con ella por haber insinuado que estaba involucrada en la muerte de Mathias y ambos caminamos de la mano hasta el sofá. Lilith se acurrucó a mi lado. Tras unos minutos de silencio, se incorporó como un resorte y su cara cambió por completo. No había rastro de las lágrimas ni del maquillaje corrido, ni tan siquiera su voz sonaba quebrada. Un escalofrío me recorrió el cuerpo.

—¿Qué tal si salimos a tomar una copa fuera? —dijo mientras se levantaba y comenzaba a cambiarse de ropa—. ¡Vamos, Alpiel, la noche es joven!

9

Tenía un número elevado de mensajes sin responder en mi teléfono móvil. Varias llamadas perdidas de excompañeros de trabajo que había ido conociendo durante mi tiempo en Fráncfort. También alguna que otra invitación a eventos de periodistas y de profesionales de la comunicación, organizada por el Centro Cultural Hispano-alemán de Fráncfort. Llevaba prácticamente dos meses sin relacionarme con nadie salvo con Lilith y la mujer de la panadería de la esquina, con la cual mantenía siempre el mismo diálogo: «Hola, buenos días, quería una barra de pan. ¿Normal o integral? La primera. Gracias. Que tenga un buen día. Adiós». Había entrado en un bucle peligroso donde la mayor parte del tiempo estábamos solos yo y mi pensamiento. Comenzaba a sentir auténtica repulsión por casi todo el mundo y no tenía apenas interés por nada que ocurriera a mi alrededor.

El día había amanecido como cualquier otro. Lilith y yo habíamos desayunado y ella se había marchado a su trabajo tras darme indicaciones de las cosas que podría hacer en casa hasta que ella volviera. Como mi memoria era difícilmente algo en lo que se pudiera confiar, ella creyó conveniente dejarme todo escrito en una pequeña hoja de papel. Releí la hoja y eché cuentas de cuánto tiempo me llevaría hacer todo aquello con el único propósito de procrastinar al máximo, no sé muy bien por qué ya que en realidad no tenía absolutamente nada que hacer, pero nada parecía más apetecible que cualquiera de las cosas escritas en aquel papel.

Entré en el baño con la intención de cortarme las uñas. Algo que no recordaba haber hecho en el último mes. Sin embargo, estas no habían experimentado el cambio propio para un periodo tan largo. Apenas habían crecido y comenzaban además a lucir más opacas y amarillentas. El cortaúñas que usaba habitualmente parecía no dar el resultado de antaño. Varias se abrieron y alguna se partió casi sin apenas presionar. Hice lo que pude para que el resultado final fuera lo más decente posible y limpié los restos de uña que habían saltado, aventurándose en la bañera.

Volví a mirar el reloj. Solo había pasado una hora desde que Lilith se había marchado. Apenas había podido pegar ojo durante la noche, algo que se había convertido en costumbre en los últimos meses, así que comenzó a invadirme un tremendo sopor. Puse el despertador para las diez y media, exactamente en una hora, así tendría tiempo suficiente para acabar las tareas listadas en el papel que Lilith me había dejado. Me dirigí al dormitorio, me acomodé en la cama y comencé a leer un libro de relatos de Cortázar que había dejado por la mitad. Sin haber siquiera pasado la página donde había comenzado, mis ojos se cerraron por completo.

—Te veo, Alpiel —susurró una voz femenina.

Un pasillo exageradamente largo se extendía delante de mí. A cada lado había puertas, algunas cerradas y otras abiertas. Cada puerta parecía tener encima del marco un letrero con un número distinto: ciento diez, ciento once… Parecían seguir un orden numeral.

—Te veo —volví a escuchar, y la voz pareció retumbar a lo largo y ancho del interminable pasillo como si estuviera transmitida por cientos de altavoces. Traté de vislumbrar el final, pero el pasillo parecía ir haciéndose más y más pequeño y no había manera de discernir donde terminaba.

De repente, a lo lejos comenzó a percibirse un objeto metálico con ruedas que se acercaba poco a poco. Las ruedas chirriaban y el eco que producían era absolutamente ensordecedor. Me llevé la mano a los oídos para cubrírmelos. En cuanto el objeto estuvo a unos quince o veinte metros, pude distinguir de qué se trataba. Era una camilla. Entonces todo cobró sentido. El pasillo, los cuartos numerados. Estaba en el vestíbulo de un hospital. La camilla se paró de golpe al tropezar con una de las columnas del edificio y un bulto tapado por una sábana cayó al suelo y comenzó a rodar hacia mí.

De un salto, me aparté en el último momento. Sin la sábana, que se había quedado por el camino, pude ver el cuerpo inerte de un hombre joven tumbado boca abajo. Me agaché para ver de cerca la cara de aquel cadáver y comprobar si conocía su identidad. Cuando estuve a apenas dos dedos de su cara, giró la cabeza hacia mí y abrió los ojos. ¡Era Mathias! El susto hizo que me cayera de espaldas y, sin dejar pasar un segundo, me puse de pie y salí corriendo por aquel sinuoso y largo pasillo sin mirar atrás.

De repente, pude ver en el suelo cómo un río de sangre iba avanzando por el pasillo en mi misma dirección, había llegado ya a mi altura y en poco tiempo me superó y cubrió todo el suelo. El caudal de aquel torrente de sangre era tan grande que poco a poco mi cuerpo se iba sumergiendo más y más haciendo complicado el poder moverse. En cuestión de segundos, me devoró y, hundido en aquel mar rojo, sin escapatoria posible, me entregué a mi destino y permanecí inmóvil hasta que la última gota de oxígeno se escapó por mi boca, y mis ojos, aunque abiertos, dejaron de percibir el mundo que miraban.

De repente, mi corazón volvió a palpitar. El oxígeno comenzó a llegar. Noté una presencia agarrándome fuerte la cabeza. Una lengua moviéndose como una serpiente dentro de mi boca y el aire necesario para respirar entrando a bocanadas. Mis ojos comenzaron a adquirir de nuevo el sentido de la vista y allí estaba ella, la mujer de mis pesadillas, completamente desnuda, flotando en un manantial de sangre y devolviéndome a la vida. Cada soplo de aire que entraba por mi garganta hacía que el nivel del río sangriento en el que se había convertido el pasillo bajase sustancialmente.

En pocos segundos, todo volvió a recobrar cierta normalidad, al menos toda la normalidad que uno puede hallar en los sueños y en las pesadillas. Cuando la sangre había prácticamente desaparecido, su boca se apartó de la mía y un empujón suyo hizo que me deslizara en el suelo varios metros, quedándome sentado justo enfrente.

Su pelo rubio caía sobre su cuerpo, tapando sus senos. Entre ambos se podía apreciar el final de una especie de collar de gran tamaño con extraños símbolos grabados. De repente, movió la pierna derecha hacia un lado y a continuación hizo lo mismo con la izquierda, dejando ante mí su inmaculada vagina. No tenía vello púbico y el tenue color rosado de sus labios vaginales mayores cubría a los inferiores. Parecía que nadie se hubiera aventurado con anterioridad a entrar en esos territorios.

Súbitamente, su vulva comenzó a palpitar como si de un corazón se tratase. Se fue abriendo poco a poco y un par de gotas de un líquido viscoso y transparente cayeron y rebotaron en el suelo, difuminándose en el aire y adquiriendo un color negruzco hasta que dos largos óvalos negros se formaron en el suelo y de ellos comenzaron a salir pequeñas ramificaciones a cada lado. Cuatro en la parte izquierda y cuatro en la derecha. Los óvalos comenzaron a alargarse y de su parte delantera brotaron varios ojos. Eran dos arañas de unos treinta centímetros cada una. Aquella mujer había alumbrado esos dos pequeños bichos con su líquido vaginal.

Sin apenas tiempo para digerir aquella escena, las dos arañas comenzaron a aproximarse a una velocidad inusual. Cuando intenté incorporarme para correr en dirección contraria, resbalé y caí hacia atrás. Entonces ya era tarde. Las dos arañas habían conseguido inutilizar mis manos con un elemento blanco viscoso y pegajoso parecido a una tela de araña.

Entonces ella me miró y sus ojos me atravesaron como una flecha. Noté cómo se metían dentro de mí. Caminó lentamente hacia mi posición mientras se apartaba el pelo y dejaba ver aquel cuerpo desnudo y perfecto. Cuando llegó justo a mis pies, me sorprendió al continuar su marcha. Dio un paso más y colocó el cuerpo encima de mis piernas. Con el siguiente paso pude notar su muslo izquierdo cerca de mi mejilla. Ese leve contacto fue como una gota de aceite caliente saltando directamente a mi cara. Su cuerpo, aunque aparentemente blanco y frío, ardía y su calor se extendía como un incendio forestal.

Con el último paso, su vulva se paró a apenas unos milímetros de mi cara. Y fue como abrir las cortinas por la mañana y encontrar un sol de verano. Apenas podía permanecer con los ojos abiertos. A pesar del miedo y la incertidumbre propios de aquella situación, el puro deseo carnal hizo que no pudiera contenerme y comenzara a lamer aquella pequeña estrella brillante y caliente que se me había puesto delante. Sentí el principio y el fin y el todo y la nada, el vacío y la felicidad más absoluta. Todo el universo, todas las civilizaciones del mundo. Absolutamente todo lo que hubo y podía existir recorría el interior de mi boca. Comencé a subir el ritmo y a usar también los labios. Miré hacia arriba y pude verla gimiendo de placer, en llamas. Los dos estábamos en una especie de bola de fuego. Apretó mi cabeza aún más hacia su vagina, que fue haciendo espacio.

Había perdido la noción del tiempo. Mi lengua estaba ya fatigada y apenas tenía saliva en la boca. Estaba completamente extenuado. Quise separarme por un momento para coger aire, pero entonces, algo salido del interior de aquella mujer atrapó mi lengua y volvió a llevarla a sus aposentos. Yo ni siquiera la movía, lo que fuera que había atrapado mi lengua hacía ahora todo el trabajo y cada vez iba más y más rápido. Comencé a notar falta de aire y noté que la flexibilidad de mi lengua estaba al límite.

Mis gritos se propagaron a lo largo de un pasillo acostumbrado ya a gritos desesperados de dolor y desconsuelo. Lejos de cejar en su empeño, aquella mujer continuó cultivando su propio placer a un ritmo incluso más acelerado. Usé el resto de las pocas fuerzas que me quedaban para finalmente liberar la mano derecha, que salió disparada como un resorte hacia el cuello de aquella mujer. Cuando la tuve bien agarrada…

—DÉ-JA-ME —jadeó Lilith con cara compungida.

Me di cuenta de que era mi brazo el que la estaba agarrando y la solté de golpe. Ella dio varios pasos atrás y se llevó la mano al cuello en busca de daños.

—¡Pero qué demonios te pasa! ¿Se te ha fundido un fusible o qué cojones…?

Miré a mi alrededor. Estaba en el baño de nuestra habitación, enfrente del espejo. Tenía el cepillo de dientes en la mano izquierda y la boca llena de pasta. Escupí el resto de la pasta en el lavabo y me eché agua en la boca y en la cara.

Lilith seguía boquiabierta esperando una respuesta. ¿Cuánto llevaba despierto?

10

Me dirigí al cuarto que utilizaba para revelar mis fotos. La oscuridad y el silencio que allí se respiraba siempre habían servido para calmarme. Aquel cuarto era mi refugio y las fotos, mi vía de escape. Siempre dejaba mi reloj fuera antes de entrar, porque en aquel cuarto no existía el tiempo, no era necesario. Solo yo y mis fotos, mis recuerdos, mis memorias. La luz roja iluminaba levemente la mesa de trabajo. Siempre me había parecido que, de alguna manera, entrar en aquel pequeño cuarto con esa cálida luz roja era como volver a entrar a la placenta de mi madre.

Me sentía a salvo de todos los peligros, libre de todo mal. Aquellos ocho metros cuadrados eran todo el mundo que necesitaba. Mi única conexión con el mundo exterior allí dentro, mi cordón umbilical, eran las fotos en proceso de ser reveladas que colgaban de unas finas cuerdas y se extendían de derecha a izquierda a lo largo de todo el cuarto.

Había conocido otros fotógrafos que se reían al saber que yo seguía revelando mis fotos a la vieja usanza. ¿Por qué tomarse tanto trabajo en revelar una foto cuando hay tecnología capaz de ofrecerte un resultado instantáneo? Ellos no podían entender la transformación que se producía dentro de esas cuatro paredes. Nunca habían visto parir a una foto como yo. De la nada al todo en apenas unos minutos. Un papel en blanco, inerte, muerto, que de repente cobra vida. Aquel pequeño cuarto engendraba milagros todos los días mientras ellos seleccionaban y descartaban fotos en sus ordenadores de última generación.

Todavía sentía los músculos contraídos, como si hubieran estado en hibernación por años. Mis ojos, aunque abiertos, parecían hacer un esfuerzo por permanecer cerrados cada vez que parpadeaba. Me acerqué a la última cuerda y repasé con mis ojos cansados las fotografías donde Lilith y yo paseábamos juntos por las calles de Manila. Recordé las risas, los abrazos y las conversaciones hasta altas horas de la mañana. Aquel había sido el primer día que pasábamos juntos. Nos habíamos conocido la noche anterior, en pleno fin de año. Yo llevaba varios meses viajando por el sudeste asiático, tratando de explotar el único talento que tenía: la fotografía. Hasta ese momento, solo había podido vender mis fotos en contadas ocasiones y el grueso total de lo ganado como fotógrafo venía de trabajos de poca monta para varias webs que se dedicaban a la venta *online* de hortalizas. No era el trabajo soñado, pero al menos servía para pagar las facturas.

En otra de las fotos se podía ver el rostro asiático de Lilith con un brillo especial. Sus facciones eran tan marcadas que parecían querer salir del papel. Esa era mi foto favorita. Solo me había bastado una pequeña conversación para darme cuenta de que ella era diferente.

Pasé de largo cuando la vi, pero su cara quedó grabada en mi memoria instantáneamente. Tenía rasgos filipinos, pero por su forma de actuar y su acento se podía percibir que había vivido en Occidente. Disminuí el paso y me giré hacia ella buscando una señal en su cara que me permitiera iniciar una conversación. De pronto se levantó y caminó hacia mí.

—¿Español? —me dijo de sopetón.

—Sí —respondí asombrado—. ¿Acaso resulta tan evidente?

—Lo dices como si fuera algo malo —dijo con un español bastante fluido, fruto de su año de intercambio en una universidad española y de sus raíces zamboangueñas.

—No necesariamente malo, pero tampoco me siento orgulloso de ello y mucho menos representado por la imagen que hay del español fuera de España.

—¿Y cuál es esa imagen?

—Paella, toros y fútbol.

—Qué pena, me hubiera encantado conocer a un español que me preparara una buena paella. Supongo que tendré que seguir buscando.

—Tan solo dije que no me representaba, no que no supiera cocinar —dije sonriendo—. Por cierto, me llamo Alpiel.

—Lilith —dijo ella dándome la mano—. ¿No sería una contradicción para ti tratar de seducirme con una paella si tanto reniegas de tu país? —me dijo levantando las cejas sutilmente e inclinando su moreno rostro hacia un lado.

—No reniego de nada, simplemente no me considero un español al uso. De hecho, ni siquiera nací allí, sino en Argentina. Pero, dejando eso de lado, desconocía que estaba seduciéndote…

—¿Y qué vas a hacer ahora que eres consciente?

—Invitarte a una copa. ¿Qué bebes?

—Cualquier cosa sin alcohol ni azúcar.

—Uhm… Desconozco esa categoría de bebidas, vas a tener que ayudarme.

—Un batido de coco sin azúcar, por favor —le dijo a la camarera mientras se inclinaba ligeramente sobre la barra.

—Vaya, una chica sana. ¿Ni siquiera bebes alcohol en una ocasión como esta? No concibo una Nochevieja sin brindar con champán.

—Después de esta noche no concebirás una Nochevieja sin mí —dijo soltando una carcajada.

—Eso suena a invitación —dije pasando el brazo por encima de su hombro.

—No tan rápido, amiguito —dijo moviéndose hacia un lado—. Latinos…, no dejáis pasar una, ¿eh?

Sonreí y me apoyé en la barra mientras pedía otro *gin-tonic*. Lilith sorbía su batido de coco. Sus ojos me miraban incisivamente casi sin pestañear, como tratando de encontrar respuestas en mi mirada. Yo solo tenía preguntas.

11

Llevaba varias horas recorriendo los alrededores del río Meno. El verano parecía haberse instalado definitivamente en Fráncfort y, a pesar de ser noche cerrada, la agradable temperatura que se respiraba mantenía las calles repletas de gente. Sin embargo, aquel ambiente festivo chocaba de frente con mi estado de ánimo y, lejos de hacerme sentir mejor, me producía una enorme inquietud y desazón. Cada sonrisa ajena, cada caricia entre parejas, era una puñalada directa a mi corazón. Un recuerdo constante de mi frustrada relación con Lilith.

Decidí cruzar Grüneburgpark para poner mis sentimientos en orden, así que recorrí Westend hacia el norte y me detuve un instante en un kiosco de la zona. Me hice con una cerveza de litro para amenizar el paseo y endulzar, si de algún modo era posible, mis amargos pensamientos. Los cipreses del parque parecían alzarse más altos que nunca, como si doblaran el tronco desde ambos lados formando un arco por encima de mi cabeza. Me dio la sensación de que el camino se iba abriendo solo para mí con cada paso que daba. Del bullicio de la calle había pasado al silencio total bajo el refugio de aquellos árboles.

Comencé a reflexionar sobre todo: Lilith, sus amigos, las pesadillas, los psicólogos, mi propia vida. Cuando quise darme cuenta, había salido del parque y me había adentrado en una zona que desconocía. Mi sentido de la orientación, casi inexistente de por sí, se había visto afectado por el alcohol ingerido durante toda la noche y no tenía la menor idea de cómo volver a casa. Afortunadamente, no tenía interés alguno por regresar. Por un lado, sabía que Lilith me recriminaría mi lamentable estado de ebriedad, y por otro, las pesadillas con el súcubo se habían vuelto cada vez más agotadoras.

Pasé al lado de un vagabundo, que gimió y agitó un pequeño bote donde guardaba sus pocos ahorros hacia mí. Sus piernas sobresalían del pantalón y dejaban a la vista un sinnúmero de pequeños orificios donde aquel hombre había ejecutado a la perfección su plan maestro para sobrevivir a un mundo despiadado y cruel. Desde mi llegada a Fráncfort, me había sorprendido enormemente la cantidad de drogadictos y vagabundos que poblaban sus calles y a menudo se lo comentaba a Lilith. Ella siempre me contestaba que al menos en Alemania no se los apartaba como si fueran apestados, y no le faltaba razón, estaban a la vista de todo aquel que circulase por el centro de Fráncfort, Berlín o Colonia. Una legión de gente sin rumbo vagando por los bulevares de las ciudades más ricas de Europa.

En el fondo no éramos tan diferentes. Yo tampoco tenía muy claro hacia donde se dirigía mi vida en aquel momento. Volví la mirada hacia aquel hombre y deshice los pasos hasta llegar a él, saqué un par de monedas del bolsillo y las introduje en el bote. Me miró a los ojos y lanzó una sonrisa que se tornó en violenta y desagradable, dada la ausencia de dientes en su boca. Agitó el bote de nuevo con brío y justo detrás de su brazo alcancé a ver una pintada en la pared que rezaba «*Der Himmel un die Hölle*». A su lado había una flecha roja que indicaba un camino. Lo seguí, por pura curiosidad, y llegué hasta la entrada de una pequeña galería que parecía abandonada.

Tras inspeccionar el lugar durante unos minutos, me percaté de que una luz amarillenta salía por debajo de una de las puertas. Me acerqué y empujé con fuerza, pero no hubo suerte. Probé de nuevo, pero nada. Entonces probé a tirar del pomo y la puerta se abrió hacia mí con una sorprendente velocidad. Un aire caliente y cargado de humo me golpeó la cara al instante. Delante de mí, unas sinuosas escaleras circulares bajaban hacia lo desconocido, y lo desconocido era, en aquel momento, algo muy apetecible.

Con ayuda de las manos, que iban apoyándose en la pared, descendí durante unos segundos hasta toparme con una doble puerta metálica de color violeta. Dos pequeños cristales en la parte superior de ambas puertas permitían ver el interior de forma borrosa. Tres mesas circulares con cuatro butacas cada una y una barra en forma de ele con luces de neón en la parte inferior. Me aproximé a la puerta para poder observar todo con mayor detalle. Justo en ese momento sentí una presencia acercándose y me aparté hacia atrás.

—¿Quieres entrar o te vas a quedar ahí mirando toda la noche? —dijo una chica morena con un *piercing* en el labio inferior y repleta de tatuajes—. Si es lo segundo, te aconsejo que te apartes al menos un metro de la puerta. La semana pasada tuvimos que llamar a la ambulancia porque a un hombre le partieron la nariz.

—¿Te refieres a que alguien se dio con la puerta en las narices?

—Bueno, en realidad mi novio lo hizo. A un idiota le pareció normal tocarme las tetas cuando le puse un cubata. Supongo que tú no serás de esa clase de cabrones, ¿verdad?

—Bueno… Yo tan solo…

—Estoy de broma, tranquilo. Simplemente no quiero tener a la policía husmeando de nuevo por aquí. ¿Por qué no pasas? La primera copa es gratis.

—Supongo que sería descortés rechazar alcohol —dije siguiendo la estela de aquella mujer y adentrándome en el bar—. Imagino que trabajas aquí…

—Sí, me llamo Lucy y soy la camarera de este fantástico lugar desde hace seis meses, y ese de ahí es mi novio, Lukas —dijo señalando a un tipo rubio y musculado sentado en una silla de la entrada—. Ambos entramos juntos a trabajar aquí cuando llegamos de Polonia.

Levanté la mano izquierda levemente e hice un aspaviento para saludar a Lukas. Él apenas reaccionó. Tan solo me devolvió la mirada, levantó la ceja izquierda y movió ligeramente la cabeza hacia arriba en signo de aprobación.

—¿Qué te pongo? —dijo Lucy situándose detrás de la barra.

—Sorpréndeme.

No alcancé a ver exactamente la mezcla, pero en apenas cuarenta segundos tenía un vaso de *whisky* en frente de mí con un líquido de aspecto espantoso.

—¡Oh! Espera, casi se me olvida… —dijo Lucy sacando un trozo de limón reseco de un vaso y poniéndolo dentro de mi cóctel—. Ahora está listo.

—¿Qué se supone que es esto? —dije mientras olía aquel brebaje.

—Querías que te sorprendiera, ¿verdad? Pues menos hablar y más beber.

Sin pensármelo mucho, le di un buen trago a aquel líquido grisáceo. Si bien hay ocasiones en las que las apariencias engañan, esta no fue una de ellas. El cóctel tenía un sabor acorde a su lamentable aspecto. Volteé la cabeza hacia la entrada al sentir una arcada y pude ver a Lukas riéndose mientras me decía:

—*Polski liquor*, *my friend*!

Al cabo de un rato, y cuando estaba a punto de terminar mi segundo *Polski liquor,* un hombre que llevaba sentado desde el principio en una de las mesas circulares se acercó para pedir otra copa.

—Ponme otro *gin-tonic*, Lucy.

—Enseguida —dijo ella.

El hombre llevaba un sombrero negro, zapatos de cuero y camisa lisa completamente oscura. A pesar de tener un aspecto un tanto sombrío y lúgubre, sus expresiones faciales eran de lo más amigables.

—¿Qué bebes, amigo? —dijo el hombre dirigiéndose hacia mí.

—No tengo ni la menor idea. He decidido confiar en el consejo de Lucy esta noche —dije levantando el vaso casi vacío y dirigiéndolo hacia ella.

—En ese caso, además de una limpieza de estómago, necesitarás alguien que te lleve a casa. Esa mierda que beben los polacos es pura gasolina. Mira a ese cabrón de Lukas, por ejemplo. Siempre que vengo aquí se bebe una botella del mismo mejunje que tienes en la mano. El pobre no sabría diferenciar una garrapata de un taxi. Supongo que no querrás acabar como él —dijo el hombre mientras golpeaba la barra con dureza—. ¡Lucy, tráele un *gin-tonic* al caballero y ponlo en mi cuenta!

—Vaya, no tenías por qué, te lo agradezco… —dije extendiéndole la mano.

—Ben, mi nombre es Ben.

—Alpiel —respondí devolviéndole la sonrisa.

—Interesante nombre, nunca lo había oído antes. ¿De dónde eres, Alpiel?

—Argentino de nacimiento, español de adopción…

—Y alemán de necesidad —finalizó Ben soltando una carcajada.

—Se podría decir que sí… —dije riéndome y dándole un sorbo al *gin-tonic*—. ¡A tu salud!

—Me alegro de haberte sacado al menos una sonrisa. Cuando te vi entrar parecías un muerto andante.

—Ya, imagino que no inspiro mucha positividad ahora mismo. Mi novia suele decir que tengo un aura negativa que me persigue allá donde voy.

—Bueno, hombre, tanto como un aura... ¿Tu novia es alemana?

—Sí, por desgracia. Aunque sus padres son filipinos.

—Menuda combinación...

—No lo sabes tú bien, una bomba a punto de explotar.

—Iba a preguntarte qué te trae por este antro, Alpiel, pero creo que está claro. Anda que tú también... Todos los alemanes tratamos de buscarnos novias latinas y a ti se te ha ocurrido hacer el camino opuesto. Te compadezco, hermano —dijo dándome dos golpecitos en el hombro izquierdo.

—Gracias, gracias... La verdad es que llevo un tiempo un poco perdido. He tratado de hacer todo lo posible para hacerla feliz, pero es como hablar con una pared. Cada vez tengo menos fuerzas y ganas para seguir intentándolo.

—Si hay algo que sé a ciencia cierta, es que no vale la pena morir de amor, amigo. Así que, si no ves la luz al final del túnel, más vale que te apees en la próxima estación. El mundo está lleno de mujeres deseosas de echar un buen polvo.

—Quizá tengas razón, pero ella es especial. Le aporta demasiado a mi vida como para no querer seguir compartiendo momentos con ella. Es algo mucho más que un buen polvo.

—Como tú veas, pero no dejes que una mujer te joda la vida. Para eso ya tenemos el alcohol —dijo Ben levantando su vaso y haciendo el ademán de brindar conmigo.

—Tienes razón —dije chocando mi vaso con el suyo—. ¡Que les jodan a todas!

En ese momento, Lucy, que estaba dialogando con otro cliente en la otra parte de la barra, se giró y me hizo un corte de mangas. Sonreí y le mostré la palma de la mano derecha a modo de disculpa.

—No te preocupes, se lo merece por haberte dado ese apestoso alcohol polaco —dijo Ben.

—Creo que he bebido demasiado, será mejor que me marche —dije separándome con cierta dificultad del asiento de la barra—. Solo espero poder llegar a casa de una pieza y no volver a tener las jodidas pesadillas que estoy teniendo estos últimos días. Son de lo más extrañas y cada vez más reales, no te lo puedes ni imaginar.

—Quizá un taxi sea la mejor opción, amigo. ¿Qué sucede en esas pesadillas, por curiosidad?

—Son de lo más turbias. Te sonará raro, pero una especie de mujer-demonio se me aparece y me folla hasta producirme un dolor indescriptible.

—Joder, así descrito no parece tan malo.

—Créeme, lo es. Además, me despierto profundamente cansado, como si me hubieran quitado años de vida de encima.

—Supongo que el sexo no trae siempre la felicidad. Los sueños a menudo escapan a nuestro entendimiento, pero no por ello debemos obviarlos. ¿Sabes qué? Hay una mujer brasileña que me ayudó mucho en un momento de mi vida en el que estaba absolutamente atormentado y perdido. Su consulta está cerca de la estación de Fráncfort. Si quieres, te paso el contacto.

—Te lo agradezco de veras, Ben, pero estoy ya un poco cansado de psicólogos y consejeros —dije apoyando la mano sobre su hombro.

—Créeme, ella está lejos de ser una simple psicóloga —dijo con voz seria.

En ese momento me giré para dirigirme a la puerta, pero la borrachera hizo que perdiera el equilibrio por un instante. Por suerte, Ben me sostuvo por unos segundos hasta que estuve en condiciones de caminar.

—Gracias, creo que esto es una señal de que definitivamente es hora de irme. Adiós, Ben, ha sido un placer hablar contigo —le dije mientras nos dábamos la mano.

—Cuídate, Alpiel, y llámala, hazme caso. No te arrepentirás.

Caminé hacia la salida sin entender muy bien a qué se refería Ben. Ni siquiera tenía el teléfono de aquella mujer. ¿Cómo pretendía que la llamara?

Al poco rato de haber salido, comencé a encontrarme mal y me induje el vómito varias veces para tratar de recuperar el sentido. Cuando recobré la conciencia, me encontré tirado en un portal con el pantalón empapado en meados. A mi alrededor, una piscina de vómitos que parecían ser míos. Introduje la mano en el bolsillo para buscar el teléfono móvil y noté un pequeño trozo de cartón cuadrado. Lo saqué y, al darle la vuelta, leí: «Madame Barbosa – 622598471. Llámala».

12

Lilith y yo llevábamos semanas sin apenas hablarnos. El único momento que compartíamos era el desayuno, que acostumbraba a durar apenas cinco o diez minutos. Ella me preguntaba si quería café, yo asentía. Yo le preguntaba a ella si quería tostadas y ella respondía de manera positiva. Entonces poníamos mantequilla, mermelada y aceite en la mesa y pocos minutos después, sin mediar palabra, recogíamos la mesa e introducíamos platos y cubiertos en el lavavajillas o, mejor dicho, yo los introducía en el lavavajillas y Lilith los recolocaba de una manera, según ella, más eficiente.

Aparte de ese pequeño ritual mañanero, el resto del tiempo lo pasábamos separados. Lilith acostumbraba a volver cerca de las cinco o seis de sus clases y yo trataba de desaparecer con cualquier excusa justo antes de que ella regresara, con el único objetivo de evitar más enfrentamientos. Así pues, llegaba más allá de las doce de la noche para asegurarme de que ya estaba plácidamente dormida. Al fin y al cabo, mis episodios de insomnio se mantenían, en buena parte por el miedo a volver a ver a aquel súcubo. Había una certeza clara en todo aquello: si seguíamos por el mismo camino, no había posibilidad de un futuro juntos.

La tarde del jueves, siete de septiembre, transcurría sin apenas cambios con respecto a los días anteriores. El verano se iba apagando y con él nuestra relación, así que, tras hurgar en los cajones de mi armario por un buen rato, saqué de dentro de un calcetín el cartón con el número de teléfono que me había dado Ben hacía ya varias semanas. La tentación había hecho que estuviera a punto de llamar mil y una veces, pero siempre acababa por echarme a atrás. Las pesadillas con aquel demonio, el descubrimiento del libro de Madame Barbosa en la cafetería Ypsilon y la posterior recomendación de Ben no podían ser una coincidencia. Todo aquello debía tener algún tipo de conexión, pero sentía también un profundo terror a descubrir la verdad. Sin embargo, había llegado a un punto sin retorno, donde ya no había nada que perder. Necesitaba comenzar a obtener respuestas y necesitaba esas respuestas ya.

—Hola, habla usted con Madame Barbosa, ¿en qué le puedo ayudar? —dijo al otro lado del hilo telefónico una mujer que sonaba ya entrada en años y con un marcado acento brasileño.

—Hola… Mi nombre es Alpiel… En realidad no sé muy bien cómo responder a su pregunta. Lo cierto es que he leído su libro y un amigo me dio su número de teléfono y dijo que usted le había ayudado en un momento delicado de su vida.

—Ya veo… ¿Cómo se llama su amigo?

—Ben..., Ben a secas.

—Veo que lo conoce usted a la perfección —dijo con cierta sorna.

—En realidad solo lo he visto una vez.

—Tiene usted un concepto un tanto desvirtuado de la amistad. Espero que tenga relaciones más largas con el resto de sus amigos. No se preocupe, creo que sé de quién me habla. Supongo que se refiere al buen Benjamin Hahn y a su inconfundible sombrero negro. Recurrió a mi hace ya unos meses. Me alegra oír que mis servicios fueron satisfactorios.

—El mismo —dije tras proyectar en mi mente la imagen de aquel misterioso hombre y su sombrero—. Y cuando dice usted «servicios», se refiere a...

—Mis servicios son muy diversos. Ya que no ha sido usted capaz, permítame ayudarle a responder mi propia pregunta. Si ha leído mi libro y lo encuentra tan interesante como para contactar conmigo, hay dos opciones: o bien es usted un estudioso del tema y quiere conocer más detalles sobre las artes oscuras, o bien se encuentra en estos momentos engullido por un vórtice de energía negativa y basura mental que apenas le permite distinguir la realidad de sus sueños.

Me pareció una manera curiosa de describir mi estado de ánimo. Yo, probablemente, lo hubiera hecho de otra manera. No obstante, sonaba bastante acertado.

—Puede estar segura de que no soy ningún estudioso de las artes oscuras, así que creo que estoy más encaminado a la segunda opción.

—En ese caso, ha tomado usted la decisión acertada. Creo que puedo ayudarle o al menos intentarlo. ¿Cuándo podría pasarse por mi consulta?

—¿En una hora?

—No se retrase.

Estaba algo tenso y nervioso después de mi breve conversación con Madame Barbosa, así que, antes de salir hacia su consulta, volví a echar mano de mi cajetilla de emergencia. Tras unas rápidas caladas, me subí a la bici y me puse en camino. Esta vez me puse el casco de la bicicleta, pero no pude evitar mirar por un rato al casco rosa que había usado el día de la muerte de Mathias, y mi corazón se volvió a encoger por un segundo.

La consulta de Madame Barbosa estaba en pleno centro de la ciudad, justo detrás de la estación central de tren. En muchas ciudades, esa localización sería privilegiada, pero en Fráncfort era todo lo contrario. Justo enfrente de la consulta había un centro de rehabilitación de politoxicómanos, así que decidí seguir de largo con la bicicleta y encadenarla a un poste en la calle paralela, la cual parecía más tranquila. Al caminar de vuelta hacia la consulta, pude ver en directo el declive de la humanidad ejemplificado en esa calle.

Un hombre con una larga barba discutía abiertamente con un basurero, una mujer de unos cuarenta años sentada en el suelo y a la cual le faltaban prácticamente todos los dientes iba palpando poco a poco toda su pierna en busca de una zona virgen para inyectarse quién sabe qué. Cerca de la puerta de la consulta, un joven de unos veinte o treinta años dormía literalmente de pie con su torso inclinado hacia el suelo, como si de una farola se tratase. Parecía increíble que pudiera sostenerse de esa manera, pero era algo que ya había visto tiempo atrás en los yonkis enganchados al fentanilo. Traté de pasar lo más alejado posible de él y empujé la puerta del edificio donde se encontraba la consulta de Madame Barbosa. Era un antiguo, de techos altos y con vestigios de haber sido imponente en otra época. No tenía ascensor, ni había señal alguna que indicara el piso en el que se encontraba la consulta, así que comencé a subir la escalera esperando toparme con alguna señal que indicara que allí se encontraba. Al llegar al primer piso, me llamó la atención la segunda puerta.

Tenía a ambos lados dos estatuas de mujeres con una corona de flores en la cabeza. Una sostenía una antorcha con la mano izquierda, y la otra con la derecha. Sus curvilíneos torsos estaban tapados por una armadura con una calavera en el centro. Parecían representar algún dios antiguo. Sus rostros, a pesar de tratarse de un objeto inanimado, eran especialmente expresivos. Me acerqué para ver más en detalle los rasgos de sus caras y, de repente, la puerta se abrió hacia dentro como por arte de magia.

—Se llama Hécate. Era la diosa griega de la necromancia. La gente acudía a ella para protegerse de la brujería de la época, entre otras cosas. Su extenso conocimiento de las plantas y hierbas era indispensable en los rituales de protección. Pero supongo que eso a ti te suena a cuento chino…

Miré dentro del apartamento, pero no acerté a ver de dónde provenía la voz. Solo veía un pequeño pasillo repleto de plantas y percibía un notable olor a incienso de sándalo.

—¿Es usted Madame Barbosa? —pregunté esperando recibir algún tipo de confirmación desde el interior del apartamento.

—Adelante, Alpiel. Te estaba esperando —respondió Madame Barbosa mientras caminaba hacia mí. Iba enfundada en una larga túnica azul y llevaba un pañuelo del mismo color en la cabeza, con el cual había recogido su pelo. Era una señora de unos cincuenta años, de tez morena y cuerpo más bien rechoncho. Llevaba unos grandes aros dorados en las orejas y caminaba de forma elegante sin apenas alzar los dos pies descalzos del suelo.

Al entrar, cerró la puerta tras de sí y me acompañó por el pasillo hasta la estancia donde atendía a sus visitas. Una habitación repleta de simbología de todo de tipo en las paredes: amuletos, medallas y un largo etcétera de objetos antiguos. De lo alto del techo colgaba una lámpara de araña de color negro cuyas bombillas tenían forma de vela. Madame Barbosa pulsó el interruptor que había al lado de la puerta y la habitación se iluminó. Después se sentó en un sillón de madera tallado a mano. Justo enfrente, apenas a un metro de distancia, había un sillón orejero de piel marrón. Con un breve gesto de la mano, me indicó que tomara asiento enfrente de ella.

—¿Desde cuándo te sucede? —me dijo nada más sentarme.

—¿Disculpe? Creo que no la sigo…

—Lo que sea que te haya dejado con esa facha. ¿Desde cuándo?

—Pues en realidad ha sido un cúmulo de circunstancias. Mi relación de pareja empezó bien, pero al cabo de un tiempo comenzó a enquistarse. Ahí empezó mi bajón emocional…

—Pero eso no es todo, ¿cierto?

—No… La verdad es que últimamente todo se ha ido a la mierda de una manera que no acabo de entender. Apenas puedo tener una conversación con mi pareja sin acabar a gritos, luego sucedió lo de Mathias y… —En ese momento mi voz se quebró y dejé de hablar para evitar el llanto.

—Continúa —dijo Madame Barbosa mientras estiraba la mano y agarraba la mía—. ¿Quién es Mathias y qué le sucedió?

—Tras una de nuestras múltiples discusiones, una persona nos vio en la calle, el tal Mathias, y trató de interceder. Fue entonces cuando Lilith…

—¿Lilith es el nombre de tu pareja? —preguntó ella con cara de sorpresa.

—Sí, ¿por?

—Nada, continúa, por favor.

—Aquel tío estaba ahogándome, así que Lilith me lo quitó de encima y comenzó a coserle a patadas. A los pocos días me enteré de que lo habían ingresado en el hospital y poco después falleció.

—¿De las heridas?

—No, las heridas no parecían ser tan graves. Se le paró el corazón, desconozco la causa.

—¿Cómo te enteraste de todo eso?

—Pues lo cierto es que fui al hospital para asegurarme de que estaba bien, y de hecho todo parecía estar en orden, pero justo antes de marcharme, sucedió… Aunque eso no es todo…

—¿A qué te refieres?

—Tras indagar un poco, descubrí que Lilith había estado allí apenas una o dos horas antes. Según ella, trató de sobornar a Mathias para que no nos denunciara a la policía y le entregó dos mil euros.

—Intuyo que tú no te lo crees.

—Sinceramente, a estas alturas no sé muy bien qué creer. La mente ha comenzado a jugarme malas pasadas. La muerte de Mathias solo fue el principio. Desde entonces he comenzado a tener unas pesadillas de lo más inverosímiles con…

—Con un súcubo, ¿verdad? Por eso estás aquí —dijo con una sonrisa.

Madame Barbosa parecía intuir constantemente lo que iba a decir.

—Sí… Supongo que se trata de un súcubo, al menos tengo esa sensación desde que leí su libro.

—Aprieta mi mano —dijo señalando la mano que me había agarrado anteriormente.

Traté de ejercer presión en la mano de Madame Barbosa, pero me sentía tan débil que, de haber sido otra mujer, hubiera malinterpretado esa presión y la hubiera confundido con una caricia un tanto brusca.

—¿Cuántos años tienes, Alpiel? —dijo mientras se levantaba y se acercaba.

—Treinta y ocho.

Con la mano derecha me levantó la barbilla y me examinó en detalle los ojos. Me agarró ambas mejillas con sus gruesos dedos y fue palpando palmo a palmo mi cara. Después puso la mano sobre mi pelo y comenzó a tirar hacia atrás.

—¿Qué está haciendo? —le dije con algo de dolor.

Madame Barbosa me mostró un mechón de mi propio pelo lo suficientemente importante como para sorprenderme, teniendo en cuenta la poca fuerza con la que me había agarrado el pelo.

—No tenemos mucho tiempo —dijo con gestos de preocupación.

—¿Qué quiere decir?

—Voy a ser muy directa, Alpiel. En ocasiones, el mundo de lo sobrenatural penetra en nuestro propio mundo. Seres que nunca nos imaginaríamos consiguen contactar con nosotros, pero para ello necesitan una fuente, alguien que les abra la puerta.

—¿Y yo soy esa fuente?

—Por lo que me has contado, estabas en un momento muy delicado. Tu vida te había llevado a una situación límite. Dejaste de tener ilusión por vivir, comenzaste a experimentar una permanente angustia, a desconfiar de tu propia pareja. Ese estado emocional permitió al súcubo entrar en tu vida a través de tus sueños y —no te voy a mentir— si has leído mi libro, sabes cuáles son las consecuencias. Tú mismo has visto y te habrás dado cuenta de que parece que tengas más sesenta años que treinta y ocho. Si no pones remedio desde ya, me temo que más pronto que tarde tu existencia en este mundo llegará a su fin.

—Pero habrá algo que pueda hacer…

—Si no lo hubiera, no estarías aquí —dijo dándome una taza de té de aspecto horrible y sabor amargo—. Bebe; sé que no tiene el mejor de los sabores, pero te ayudará a recuperar fuerzas. Debemos combatir al súcubo en ambos frentes, en nuestro mundo y en el suyo. Mi cometido es ayudarte a enfrentarte a él en el terreno de los sueños, pero de nada sirve si no hay un cambio en tu vida. Necesitas volver a creer en ti mismo, recuperar el ánimo, sentir de nuevo la alegría por vivir.

—Entiendo… Así dicho, suena bastante sencillo, pero, como se puede imaginar, mis problemas de pareja no tienen fácil solución. Pero no hay duda de que algo tiene que cambiar. Por cierto, ¿puedo hacerle una pregunta al respecto?

—Soy toda oídos.

—No he podido evitar fijarme en su cara de asombro cuando le dije el nombre de mi pareja. ¿Puedo saber por qué?

Madame Barbosa miró al vacío por un segundo y respiró profundamente.

—No te enamores de sus hermosos cabellos. Por más que sea un rico adorno que contribuye tanto a su belleza, porque cuando con ellos llega a alcanzar a un joven, no lo suelta jamás… ¿Has leído o visto la obra *Fausto*?

—No he tenido la suerte, pero ¿qué tiene que ver *Fausto* con Lilith?

—Eso le decía Mefistófeles al Fausto cuando veía por primera vez a Lilith. Mucho se ha escrito acerca de ese nombre. Se decía que fue la primera esposa de Adán y fue exiliada del jardín del Edén al rehusarse a ser su subordinada. También se dice que tras el exilio… —Madame Barbosa hizo una pausa y no parecía segura de querer continuar.

—¿Qué ocurrió tras el exilio? —dije intrigado.

—No quiero que saques conclusiones precipitadas, por favor. Todo podría ser tan solo una coincidencia.

—De acuerdo, pero ¿qué pasó?

—Tras el exilio, se dice que Lilith se convirtió en uno de los primeros cuatro súcubos originales y su nombre se ha asociado a ellos desde tiempos inmemoriales.

Un escalofrío recorrió mi cuerpo. De repente, todo comenzó a cobrar sentido. Siempre había estado delante de mis ojos, pero no había querido verlo. Lilith y el súcubo eran de alguna manera la misma persona.

—Creo que lo mejor es que ahora te vayas a casa, descanses y digieras toda esta información. Podemos volver a vernos la semana que viene para comenzar a trabajar en la estrategia para enfrentar al súcubo —dijo Madame Barbosa levantándose y apoyando su mano en mi hombro en un claro gesto afectivo.

Al levantarme del sillón, noté que el té que me había dado había hecho su efecto. En apenas unos minutos, me sentía con más energía, quizá en parte también por ser la primera vez en mucho tiempo que encontraba respuestas.

Durante las dos semanas siguientes, mantuve dos encuentros más con Madame Barbosa, en los cuales pude conocer más en detalle la historia de los súcubos, su forma de actuar y casos de encuentros previos en diferentes lugares. Definitivamente, aquella espiritista, tarotista o lo que fuera a lo que se dedicaba me había convencido de cosas que antes creía imposibles. Mundos sobrenaturales, seres casi mitológicos, sueños que se mezclaban con la realidad y, lo más importante, había entendido que, si quería volver a ser yo mismo, si quería librarme de aquel extraño súcubo, tenía que tomar una decisión muy clara en cuanto a mi relación se refería. Tenía que dejar a Lilith.

13

—¿En qué punto estamos, Alpiel? Dime —dijo Lilith con lágrimas en los ojos.

—Te lo he dicho, lo he intentado todo, cariño. He tratado de entenderte, de adaptarme a ti, he ido a terapia, pero nada parece funcionar. Quizá no estamos destinados a estar juntos y ya —respondí visiblemente emocionado.

Había estado toda la semana tratando de escoger el mejor momento para terminar mi relación con Lilith, pero siempre parecía haber algo que me lo impedía. El lunes y martes ella había hecho horas extras y estaba completamente exhausta al llegar a casa. El miércoles había tenido una acalorada discusión con su madre al teléfono, así que no parecía el momento propicio para tal noticia. El jueves fue mi cabeza la que pospuso lo inevitable; más concretamente, una migraña del tamaño de Lugo. Las migrañas habían comenzado a ser más frecuentes desde el inicio de mis pesadillas. Finalmente, el viernes marcaría no solo el final de la semana laboral, sino también el de una relación que parecía haber estado abocada al fracaso desde el principio.

—¿Y ya? Así que… ¿eso es todo?

—Eso es todo y es nada. Sé que tú también has hecho un gran esfuerzo para que esto funcionase y te estoy profundamente agradecido, pero ha llegado un momento en el que tengo que elegir entre mi salud y mi relación contigo. No estoy bien Lil…

—Ya veo…

—No seas así. Sé que tú también lo estás pasando mal y eso me destroza por dentro, pero ya no tengo fuerzas para seguir luchando por lo nuestro, tienes que entenderlo.

—Lo único que entiendo es que tú empezaste algo hace tres años que ahora quieres terminar. En aquel momento yo te advertí de las dificultades que tendría una relación conmigo, por mi cultura, mi personalidad, nuestras diferencias. Sin embargo, tú estabas dispuesto a todo y conseguiste convencerme de que esto sería posible. Mírate ahora.

—No es cuestión de que quiera o no terminarlo…

—Sí, claro que lo es. Nuestra relación depende de la voluntad que tengamos ambos de luchar por ella y no de lo que diga un psicólogo, y mucho menos una espiritista de tres al cuarto.

No tenía ni idea de cómo había descubierto mis visitas a Madame Barbosa y ella lo percibió instantáneamente por mi cara de asombro.

—No me mires así. Después de tu comportamiento errático y tus excusas varias, creí que tenías una aventura, así que una tarde decidí seguirte…

—¿Cómo has podido creer que tenía una aventura? Joder, parece que no me conozcas.

—Creí que te conocía, pero aquel abrazo con Laura me hizo sospechar.

—Otra vez con el abrazo…

—¡Sí, otra vez con el abrazo!

—Esto es un sinsentido, estamos otra vez igual. Mira, Lilith solo quería explicarte por qué me voy, no voy a empezar otra discusión —dije dirigiéndome a la puerta.

—¡Alpiel! —dijo gritando a viva voz—. Escúchame bien. Si te vas por esa puerta, esto se acabó, ¿entiendes?

—Esto se acabó hace tiempo, solo que no hemos querido reconocerlo —dije justo antes de cerrar la puerta.

Cuando bajaba las escaleras, oí un fuerte ruido proveniente del interior del apartamento. Supuse que Lilith había tirado algún objeto contra la puerta. En cualquier otra ocasión habría vuelto para comprobar que estaba bien, pero esta vez mi decisión era firme. Un escalofrío recorrió mi cuerpo cuando eché por última vez la vista atrás desde la calle. Alcancé a vislumbrar el ventanal del cuarto. El ficus que nos habían regalado cuando celebramos la fiesta de inauguración del piso se mantenía allí, impasible, como si nada hubiese pasado. Testigo de todos nuestros encuentros y desencuentros. Sus hojas habían ido adquiriendo un color amarillento y, al igual que nuestra relación se había ido marchitando. El sol había hecho que su cuerpo creciese hacia la ventana y parecía como si él también estuviera buscando una forma de huir de aquel apartamento, de buscar una salida.

No pude evitar el llanto al pensar en los momentos buenos que habíamos pasado allí. Al fin y al cabo, no todo habían sido peleas y discusiones. Tras reflexionar brevemente, me puse en marcha de nuevo; no era momento de repensar nada. Todo estaba más que meditado. Además, solo disponía de media hora para llegar a la consulta de Madame Barbosa. Me había citado de nuevo, esta vez para darme las últimas instrucciones en mi lucha contra el súcubo. Conocerla había cambiado mi vida. Tras tan solo dos semanas de sesiones diarias había conseguido hacer desaparecer mis pesadillas casi por completo. Había experimentado más mejoría en esas dos semanas que en varios meses de terapia con diferentes psiquiatras.

Madame Barbosa podía ver más allá de tu propio yo, era capaz de descifrar tu personalidad tan solo con verte actuar y hablar durante unos minutos. Para alguien tan profano como yo en materias esotéricas, no era fácil seguir los consejos de una espiritista. Había sido muy escéptico desde el primer día, pero en tan solo una sesión había logrado convencerme. Ella era así, podía convencerte casi de cualquier cosa.

Al entrar en su casa, me recibió como siempre, recordándome que dejara los zapatos en la entrada y poniéndome en la mano una taza de té negro en el cual se podían observar trozos de algún tipo de planta parecida al jengibre, pero con un olor mucho más potente. Uno debía cerrar los ojos para poder beberlo, ya que, si no, corría el riesgo de comenzar a llorar como una magdalena. Yo ya había aprendido la lección en anteriores ocasiones, así que cerré los ojos y le di un buen trago a aquel brebaje amargo y templado. El líquido recorrió mi garganta y pude oír los sonidos de mi estómago reaccionando ante aquella misteriosa pócima.

—Pensé que ya estarías inmunizado —dijo Madame Barbosa refiriéndose a mis lágrimas.

—No es por el té… —contesté.

—Entiendo. ¿Cuándo lo habéis dejado? —dijo con plena confianza de saber lo que había ocurrido.

—Hace apenas media hora, así que todavía no he podido procesar la ruptura.

—¿Quién ha dado el paso? —preguntó.

—He sido yo, aunque creo que eso es lo de menos. Era cuestión de tiempo que alguien tomara una decisión al respecto.

—¿Por qué crees eso?

—Ya lo sabe, todas nuestras peleas, las discusiones diarias y ahora, para colmo, este demonio que se me cuela en los sueños y me hace la vida imposible. Creo que todo está relacionado con Lilith, así que alguien debía tener la determinación para acabar con esto.

—Es prematuro pensar que existe una relación entre el súcubo de tus pesadillas y Lilith. Deberías haber esperado a nuestro ritual de hoy antes de tomar una decisión tan trascendente.

Me sorprendió que Madame Barbosa no compartiera mi opinión. Para mí estaba clara la relación entre el súcubo y Lilith. ¿Qué otro motivo podía haber para que todo aquello sucediera? ¿Quién más podía ser culpable del estado depresivo y casi vegetativo en el que me encontraba?

—Vamos, ¿de verdad que no ve relación alguna? —dije frunciendo el ceño—. Para mí ha estado claro desde el principio, pero el amor me ha cegado. No me ha dejado ver más allá. Nuestra relación siempre ha sido tóxica.

—¿Y qué es una relación tóxica para ti?

—¿Pues usted qué cree? Una relación turbulenta. No nos aguantamos, somos muy diferentes. Chocamos continuamente.

—Todos somos potencialmente tóxicos por naturaleza, hijo. Solo exponiéndonos a esa toxicidad conseguimos desarrollar inmunidad, adaptarnos. Piensa en los procesos evolutivos, animales que antes no podían sobrevivir en el agua y han acabado transformándose en nadadores expertos. Para ellos el agua era un elemento casi tóxico, prohibido. Sin embargo, tras miles de años de evolución, el agua es ahora su medio de vida.

—Entiendo lo que dice, pero desafortunadamente no dispongo de miles de años para hacer que mi relación funcione.

—Los procesos evolutivos de los animales han necesitado de miles de años porque sus cuerpos han sufrido transformaciones radicales. La capacidad de entender y empatizar con otra persona no debería requerir un esfuerzo tan mayúsculo, si no estamos abocados al fracaso como raza.

—Así que, ¿cree usted que he cometido un error al dejar a Lilith?

—Yo no he dicho eso. Solo que debías haber esperado a nuestro ritual, ya que, si todo va bien, esta misma noche podrás confrontar al súcubo y descubrir el porqué de sus visitas —dijo sacando una pequeña caja con una estrella pentagonal dibujada.

Aquellas palabras de Madame Barbosa habían conseguido despertar mi curiosidad y por un momento mi cara pudo ocultar la tristeza que suponía dejar a la persona más importante de mi vida.

—¿Está usted segura? —dije acercándome con curiosidad a la caja.

—Ahora escúchame bien. Durante estas dos semanas hemos ido preparando el terreno para lo que sucederá hoy. El súcubo piensa que todavía estás en su poder. Intentará una vez más atraparte sexualmente, drenar suficiente energía para poder hacerse corpóreo. Sin embargo, esta vez construiremos un amuleto que te permitirá protegerte. Debes sacarlo en el momento apropiado y usarlo para obtener respuestas. Aquí dentro tienes todo lo necesario para construir tu amuleto —dijo pasándome la caja.

—¿Cómo se supone que debo usar esto? —dije separando los objetos que se encontraban dentro de la caja.

—En la caja hay un papel con un dibujo explicativo. También una serie de frases que debes repetir mientras esparces por tu cama los pétalos que sostienes ahora mismo en la mano. De esa manera, ese espacio estará consagrado y ningún ser podrá hacerte daño. Cuando tu amuleto esté listo, cuélgatelo del cuello y escóndelo bajo tu ropa, así el súcubo no lo verá. Pero recuerda algo muy importante, Alpiel: el súcubo hará todo lo que esté a su alcance para manipularte. El sexo es solo una de sus armas, no caigas en sus trampas.

—¿Cómo sabré cual es el momento apropiado para usar el amuleto?

—Lo sabrás.

—Muchas gracias por todo, Madame Barbosa. No sé qué hubiera hecho sin usted. Solo espero que esto dé resultado. No sé cuánto más puedo seguir así.

—Ve en paz, hijo. Mi energía te acompañará en este camino. Mañana reúnete conmigo a esta misma hora y podremos discutir sobre tus averiguaciones.

Me despedí de Madame Barbosa y me dirigí al apartamento que había alquilado por unos días tras la ruptura con Lilith. Una profunda tristeza volvió a invadirme cuando pensé que quizás no volviera a verla jamás. Sin embargo, me aferré a la esperanza de deshacerme del súcubo esa misma noche. Quizá en cuestión de horas pudiera encontrar la explicación a lo que me había estado ocurriendo durante los últimos meses. Una vez dentro, me cambié y me fui directo al cuarto.

Tras abrir la caja y seguir estrictamente las instrucciones de Madame Barbosa, conseguí juntar las piezas del amuleto y me lo colgué con una pequeña cuerda del cuello, por dentro de la parte de arriba del pijama. Después repartí cuidadosamente los pétalos alrededor de la cama formando un perfecto círculo. No pude evitar sentirme algo idiota al tirarme en la cama y leer las extrañas palabras que debía recitar en voz alta. Aun así, lo hice al pie de la letra y traté de concentrarme en lo importante: acabar con el súcubo.

Como era normal, tardé en dormirme. Estaba demasiado nervioso para pegar ojo, así que saqué de mi cartera una pequeña piedra de hachís que llevaba meses en el departamento de las monedas. Había estado allí tanto tiempo que, por acción del calor, se había adherido a una moneda de diez céntimos. Tardé un buen rato en rascar toda la sustancia con un pequeño cuchillo. Cuando al fin la tuve, la mezclé con tabaco, encendí el porro y me recosté para disfrutar del momento.

Justo en la última calada, cuando mis ojos ya se iban achinando, recordé que no era la primera vez que sufría pesadillas después de fumar psicotrópicos. Quizá aquella no había sido una idea tan fantástica después de todo, pero ya no había tiempo de echarse atrás. Me sumí en un profundo sueño en apenas unos minutos.

14

Mis pies descalzos iban avanzando a duras penas sobre un suelo de arena que se extendía hasta donde se perdía la vista. Me costaba enormemente mantenerme de pie. Además de la dificultad del terreno, sentía una sensación de mareo constante que me llevaba a caminar en zigzag. Las leyes de la gravedad dejaron de tener sentido alguno cuando, tras mi siguiente paso, y al estar a punto de caer a la arena, el suelo y el cielo parecieron intercambiarse de manera que, de repente, caminaba a través del vacío azul infinito y sobre mi cabeza un desierto de proporciones inimaginables desafiaba la física conocida al sostenerse sin desparramar ni un grano de arena.

Con mi siguiente paso, todo volvió a cambiar de nuevo y mis pies se introdujeron en la arena más allá de los tobillos. Cuanto más me movía, más se iban enterrando. En apenas unos segundos, la mitad de mi cuerpo estaba completamente sumergida. En ese momento, sentí algo que tiraba fuertemente de mis pies y me hundí por completo en aquel mar infinito de sedimento marrón. Noté cómo mi cuerpo caía al vacío, pero solo podía ver y notar en mi piel los granos de arena, como si estuviera dentro de un vórtice en movimiento. La sensación de estar a punto de impactar con algo hizo que cerrara los ojos y me cubriera la cara con las manos.

Abrí los ojos cuando tuve la certeza de que había un terreno sólido debajo de mí. Experimenté entonces una oscuridad que nunca había experimentado. Una ausencia total de luz, pero también de olor y de cualquier tipo de sonido. Ni siquiera mis pies, tras caminar un par de pasos, parecieron hacer ningún ruido. Cerré y abrí los ojos varias veces, dudando de si me había quedado ciego, pero obtuve el mismo resultado: la nada más absoluta. Entonces volví a recobrar mis sentidos. Llegó a mi nariz un olor a azufre muy característico. Comencé a oír una respiración que se iba acercando en la oscuridad cada vez más y supe que donde fuera que estuviera, no estaba solo.

Los latidos de mi corazón eran tan intensos que mi cuerpo temblaba como en un terremoto. Pude percibir una presencia muy cerca de mí y fue en ese mismo instante cuando recordé lo que tenía que hacer.

Me llevé rápidamente ambas manos al cuello y encontré el amuleto de Madame Barbosa. Lo agarré con todas mis fuerzas y respiré profundamente, esperando que todo aquello tuviera algún sentido.

—¿Crees que un simple colgante te mantendrá a salvo? —dijo una voz conocida. Al principio creí estar escuchando a Lilith, pero de repente todo se iluminó y pude ver la figura del súcubo justo delante de mí. Llevaba puesto un vestido largo rojo que se abría por la izquierda a la altura de la rodilla. En el cuello, tenía el mismo collar que ya le había visto en anteriores encuentros.

—Por lo que parece, funciona. Si no, dudo que hubiera esta distancia entre tú y yo —dije con confianza.

—Eres un ejemplar interesante, Alpiel —dijo el súcubo tras echarse a reír—. Te he estado observando durante las últimas semanas y debo confesar que estoy sorprendida, tanto por tus averiguaciones como por tus suposiciones.

—¿Creías que me iba a quedar de brazos cruzados mientras me destrozabas la vida? No sé qué tipo de hechizo o de brujería has hecho con Lilith, o si sois la misma persona, pero eso es lo de menos. Ahora ya estoy fuera de tu alcance, aquí y en la vida real —dije acercándome al súcubo y blandiendo el amuleto hacia él.

El súcubo comenzó a reírse a carcajadas de un modo casi psicótico. Cuando terminó, se cruzó de brazos y puso la mano derecha sobre la barbilla, como si estuviera pensando seriamente qué hacer conmigo.

—¿Sabes qué? Creo que te has ganado poder ver la verdad por ti mismo.

Mientras trataba de entender el sentido de su frase, oí un ruido como de carne desgarrándose poco a poco. De repente, de la espalda del súcubo surgieron dos alas negras enormes de casi dos metros cada una. Ambas alas comenzaron a batir de derecha a izquierda con tal fuerza que caí de espaldas y retrocedí varios metros. La fuerza del batir de las alas iba siendo cada vez mayor y el súcubo comenzó a elevarse en el aire a la par que la arena volvió a surgir por todas partes. En un corto lapso me vi de nuevo engullido en ese vórtice de arena que me había traído allí, y mi cuerpo volvió a elevarse por los aires.

Al cabo de un rato, y aún con la sensación de seguir estando en el aire y rodeado completamente de arena, comencé a ver luces a mi derecha. En esa parte, la arena que me envolvía comenzó a separarse, dejando un hueco circular de unos dos metros cuadrados a través del cual comenzaba a vislumbrarse algo. El súcubo, mientras, seguía manteniéndose en el aire batiendo sus alas delante de mí.

—Acércate y obsérvalo tú mismo —dijo el súcubo señalando al círculo, libre de arena, que se había creado.

Cuando estuve justo al borde del lugar indicado, la imagen se aclaró y no pude hacer otra cosa que llevarme la mano a la boca fruto de la sorpresa.

—Te dije que no vinieras. Te lo dije específicamente. Pero, como siempre, haces lo que te viene en gana.

—Eso es lo que te gustaría, que me quedara tan tranquila viendo cómo destrozas tres años de relación…

No me lo podía creer. Era la discusión que Lilith y yo habíamos tenido solo unos minutos antes de que Mathias, el recepcionista, hubiera intervenido.

—Pero ¿qué demonios es esto? —dije girándome hacia el súcubo

—Observa… —dijo señalándome de nuevo al lugar donde se repetían los hechos.

La discusión siguió como la recordaba hasta el momento en que Lilith me agarraba de la camisa. Entonces vi a mi otro yo girándose. La expresión de su cara me produjo un escalofrío. Estaba completamente fuera de sí. Le dio un empujón sumamente violento a Lilith, que cayó hacia atrás de una forma muy aparatosa. Posteriormente, Mathias aparecería en escena y todo transcurriría como yo recordaba. Sin tiempo para poder procesar lo que había visto, todo se sumió de nuevo en la oscuridad más absoluta por un lapso de cuatro o cinco segundos, y lo siguiente que pude ver fue a Laura en frente de mí, o mejor dicho de mi otro yo.

—Bueno, Alpiel, será mejor que vuelva a la fiesta. Ha sido un gusto hablar contigo…

En mi recuerdo de la situación, Laura había hecho un par de sugerentes movimientos tras los cuales tuve la sensación de que quizá el abrazo de despedida no era todo lo que ella quería. Sin embargo, tras ver la situación mostrada ahora a través del súcubo, no encontré ni un ápice de aquellas reacciones que me hicieron dudar. Lo único que observé fue cómo mi mano se desplazaba de una manera bastante grotesca desde su espalda hasta su trasero. Ahí pude ver cómo Laura, algo molesta, me separaba con las manos.

—¡Eso no fue lo que ocurrió! —dije desafiante al súcubo.

—¿No fue lo que ocurrió o no fue lo que crees que ocurrió? —respondió este con una sonrisa.

—Estás tratando de manipular mis recuerdos.

—¿Y por qué habría de hacer eso? ¿Acaso estás completamente seguro de todo lo que tu mente te hace ver? Quizá eres tú el que manipula a tu propia psique para ver lo que quieres ver.

—Tus juegos de palabras no me harán dudar —dije con rotundidad, aunque en realidad aquel maldito súcubo había creado en mí una duda que difícilmente se disiparía.

—En ese caso, no te sorprenderá lo que viene a continuación.

De repente nos volvimos a sumir en la oscuridad más absoluta. Mis pies tocaron suelo, dejé de notar la arena circulando a mi alrededor. Sabía que el súcubo estaba tramando algo. Quizá ahora fuera el momento de usar el amuleto de Madame Barbosa, pero justo cuando la idea del amuleto tomaba forma, se hizo la luz y otra escena que me resultaba familiar apareció delante de mí. Era la pelea que lo había cambiado todo, tras la cual decidí que debía dejar a Lilith.

Desafortunadamente, el incidente con Mathias había hecho que extendiéramos nuestra agónica relación durante unos meses más. La discusión transcurría tal y como la recordaba. Sin embargo, mi conducta parecía sin duda mucho más agresiva que como yo la recordaba. Entonces llegó el momento en el que Lilith, completamente fuera de sí, rompía con el puño el espejo de la entrada y se cortaba con los cristales. Pero aquello no sucedió exactamente así.

—¡Eres un cerdo engreído! Nunca das tu brazo a torcer —gritaba Lilith mientras me empujaba con ambas manos—. ¡Nunca!

—Por supuesto, siempre soy yo el culpable, ¡siempre yo! —respondí mientras agarraba sus manos tras el último empujón.

Entonces mi mano izquierda, que seguía agarrando su mano derecha, salió disparada hacia el espejo, que se rompió en mil pedazos. La mano de Lilith y la mía se llenaron rápidamente de sangre y Lilith se soltó asustada.

—¡Mira lo que has hecho! Estás completamente loca, joder —dije yo, o, mejor dicho, mi yo pasado.

Las lágrimas comenzaron a bajar por mis mejillas después de ver lo sucedido. No me lo podía creer. Aquello no había sucedido así. El súcubo estaba claramente jugando con mi cabeza. De repente, dos delicadas manos se posaron en mis hombros. Justo cuando traté de girar la cabeza, una voz me susurró al oído:

—Mi pequeño Alpiel, comienzas a abrir los ojos —dijo la voz del súcubo.

—¡Eso es una sarta de mentiras! —le dije golpeándolo con el codo para apartar sus manos. En ese justo momento, el súcubo me agarró la mano izquierda.

—En ese caso, ¿qué significa esta marca —dijo indicándome una cicatriz de unos tres centímetros que recorría el lateral de mi mano izquierda.

Mi cara de sorpresa provocó una gran carcajada en el súcubo. No recordaba tener ningún tipo de cicatriz en la mano izquierda, pero no había duda de que ahí estaba. Los recuerdos de mi memoria comenzaban a difuminarse como tinta en el agua. No tenía certeza absoluta de lo que había pasado. ¿Y si el súcubo estaba en lo cierto? ¿Y si yo había sido mucho más culpable de lo que pensaba en todas y cada una de las discusiones con Lilith? ¿Cómo podía estar seguro? Comencé a sentirme culpable por cómo había tratado a Lilith y a preguntarme si me había precipitado al terminar nuestra relación.

Mis cavilaciones terminaron tras una nueva intervención del súcubo. A pesar de estar destruyendo mi vida por completo, no podía dejar de sentirme atraído de una manera casi incomprensible por aquel demonio ataviado con un sensual vestido rojo. Era una atracción sobrenatural e irracional que no respondía a ningún criterio conocido. Una pulsión única y exclusivamente sexual que inutilizaba el resto de mis sentidos.

—Te preguntas por qué quieres follarme en lugar de querer matarme, ¿verdad? —dijo el súcubo acercándose nuevamente.

Me quedé totalmente petrificado sin saber qué responder. Cuando el cuerpo del súcubo estuvo a apenas unos centímetros del mío, mi pene tomó la iniciativa y se disparó contra el tope de mis calzoncillos. Solo mi ropa interior y pantalón evitaron que mi miembro quedara desnudo en libertad. El súcubo agarró mi pene por fuera del pantalón y comenzó a restregar la mano de arriba abajo. Su cabeza se acercó entonces lentamente hacia mi oreja mientras yo tenía problemas para contener el orgasmo.

—Eres mío, Alpiel. Siempre lo has sido. ¿Nunca te has preguntado el origen de un nombre tan extraño como el tuyo? Creo que tu querida amiga Madame Barbosa no ha sido del todo sincera contigo…

Por un momento, mi pene estuvo a punto de emblandecerse, pero el súcubo aprovechó ese momento para volver a la carga, introduciendo ahora la mano dentro de mis pantalones e incrementando la fuerza de sus movimientos. Justo en ese momento pude observar en detalle el colgante del súcubo. En su parte más baja, dentro de dos círculos que se cruzaban entre sí, había una pequeña abertura, como si de una cerradura se tratase, de forma octogonal, exactamente la misma forma que el amuleto. Entonces supe exactamente qué debía hacer. Sin pensármelo dos veces, agarré el amuleto, lo coloqué en la dirección necesaria y lo introduje directamente en el colgante del súcubo.

Lo último que vi fueron sus grandes ojos negros mirándome desafiantes y su delicada y preciosa cara transformándose en un ser demoníaco de grandes dientes que gritaba antes de desaparecer por completo.

Me desperté con los pies en la almohada y una mancha de semen y sangre en mis calzoncillos. Mis genitales estaban inflamados y me producían un incesante dolor, pero ni siquiera eso evitaba que me siguiera preguntando si todo lo que había visto en mi sueño era real. Si así lo era, Lilith merecía una explicación, pero antes debía estar completamente seguro. ¿A qué se refería el súcubo con el origen de mi nombre? Siempre había creído que provenía de las tribus que habían habitado Ushuaia y otras zonas del sur de Argentina, puesto que mi padre, que tenía ascendencia yámana, era un fiel defensor de los nativos de la Tierra del Fuego.

Solo había una persona que podía arrojar algo de luz a aquel asunto, alguien que me había ayudado sin pedir nada a cambio, pero que, a la vista de lo sucedido, parecía no estar diciendo toda la verdad. Solo ella podía responder a mis preguntas.

15

Después de una larga ducha y de mitigar el dolor de mis partes con una buena dosis de calmantes, me puse en camino a la consulta de Madame Barbosa. Ni siquiera había llamado para ver si estaba disponible, pero había demasiadas preguntas sin respuesta en mi vida en aquel momento como para esperar una cita. Mis nervios eran tales que no me permitían siquiera montar en bicicleta, así que decidí comprar un boleto de tranvía.

Al empujar la puerta de su consulta, pude oler aquel inconfundible té que ella preparaba. Me adentré por el vestíbulo hasta el lugar donde mantenía las conversaciones con sus visitantes. No había nadie en aquella sala, pero una taza de té humeante reposaba sobre la mesilla ubicada al lado del sillón de Madame Barbosa.

—Has venido antes de lo esperado —dijo ella.

—Tengo preguntas que necesitan respuesta y esas preguntas no pueden esperar —dije girándome y dirigiéndome a Madame Barbosa, que llevaba en esta ocasión una túnica de color marrón, diferente a la usada en ocasiones anteriores.

—Entiendo. ¿Quieres una taza de té?

—No tengo tiempo para eso.

—De acuerdo, vayamos al grano pues. Siéntate y cuéntame bien lo que ha ocurrido. ¿Qué es lo que no puede esperar? —dijo sentándose en su sillón y extendiendo su mano para coger la taza de té.

—Prefiero quedarme de pie —contesté visiblemente nervioso—. ¿Qué significado tiene mi nombre para usted?

—¿A qué te refieres? —dijo Madame Barbosa sorprendida.

—Sabe perfectamente a qué me refiero.

Tras una pausa en la cual sorbió lentamente su té, Madame Barbosa se mojó los labios inferiores y superiores con la lengua y entonces continuó.

—Alpiel es un nombre poco común hoy en día, pero en el pasado estuvo conectado con el mundo del más allá. Se decía que Alpiel era…, era un demonio de baja categoría.

—¿Un demonio? —respondí alterado y sorprendido—. ¿Qué clase de demonio?

—Igual que existen súcubos, también existe su versión masculina: los íncubos. Se decía que Alpiel era uno de ellos.

—¿Y no le pareció importante mencionar ese detalle durante ninguna de nuestras conversaciones? —le dije indignado.

—Cálmate, Alpiel, todo podría ser tan solo una coincidencia, por eso no quise alarmarte con esa información. No quería influir en tu visión de las cosas.

—¿No quería influir? En ese caso, ¿por qué demonios me contó el origen del nombre de Lilith y no el mío? ¿Acaso creía que eso no influiría en mi decisión sobre ella?

—Quizá me equivoque, pero intuyo que el súcubo ha tenido algo que ver en todas estas preguntas. Te dije que intentaría manipularte.

—¿Manipularme? ¡La única que ha intentado manipularme aquí es usted! —grité—. Nunca debí escucharla. Dejé a la persona más importante de mi vida pensando que era una especie de monstruo y ahora descubro que quizá yo sea ese monstruo.

—Tranquilízate y siéntate, Alpiel. Las cosas son más complejas de lo que piensas… No eres ningún monstruo.

—No tengo tiempo para sus elucubraciones. Le agradezco el haberme ayudado a deshacerme del súcubo en mis pesadillas, pero ahora debo tratar de arreglar este desaguisado, en parte creado gracias a usted. Debo hablar con Lilith cuanto antes —dije dando media vuelta y dirigiéndome a la puerta.

—Espera un minuto. Hablemos de lo que sucedió entre tú y el súc…

Antes de que Madame Barbosa terminara su frase, cerré la puerta de golpe y salí pitando hacia la escuela en la que Lilith daba clases de alemán. Eran casi las 12 del mediodía, así que tenía muchas papeletas de encontrarla allí o en alguno de los restaurantes de la zona donde solía almorzar entre clase y clase.

Decidí caminar hasta la escuela en lugar de tomar otro tranvía. Apenas había veinte minutos de trayecto y pensé que el aire fresco que recorría las calles de Fráncfort y anunciaba la borrasca que estaba por llegar me ayudaría a despejarme un poco. Desafortunadamente, aquello no sucedió. Sin embargo, la caminata me sirvió para pensar cómo afrontar la difícil conversación que estaba por venir.

En la recepción de la escuela me informaron de que Lilith había salido a almorzar hacía apenas unos minutos, así que comencé a merodear por los alrededores acercándome a los ventanales de los restaurantes que recorrían la calle Leipziger Strasse, donde los trabajadores de la escuela solían almorzar y tomar café durante sus pausas laborales.

Tras pasar por el restaurante mexicano y entrar en el tailandés —ya que sus ventanas difuminadas no permitían ver el interior—, me acerqué al restaurante vietnamita donde habíamos comido en varias ocasiones y obtuve mi premio. A pesar de que una columna no me permitía ver por completo la mesa, pude ver la cara de Lilith sentada llevándose a la boca una cucharada de lo que parecía su plato favorito, *pho ga*, una de las sopas más famosas de la cocina vietnamita.

Sin embargo, mi felicidad por haberla encontrado no duró mucho. En cuanto entré por la puerta del restaurante y sobrepasé la columna que me impedía la visión, vi la otra parte de la mesa. Un joven bien arreglado, con una incipiente calvicie, estaba sentado enfrente de Lilith. Su mano derecha posó el tenedor que sostenía en ese momento al lado de su plato y se dirigió directamente a la mano izquierda de Lilith, a la cual acarició en repetidas ocasiones.

Un sudor frío comenzó a recorrerme el cuerpo y di unos pasos atrás para asegurarme de que ella no se percatara de mi presencia. Aguardé unos segundos para ver la reacción de Lilith, esperando que retirara su mano y le pidiera explicaciones a aquel maldito calvo, pero ocurrió exactamente lo contrario. Lilith levantó la vista y encontró los ojos de aquel bastardo. Ambos se miraron por unos segundos mientras él le agarraba la mano con más fuerza. La respuesta de Lilith fue una sonrisa cómplice, una sonrisa que pensé que solo me podía dedicar a mí. Esa sonrisa dejaba claro que ella estaba a gusto con ese cerdo tocándole la mano.

No pude aguantar ni un segundo más. Tras ver la reacción de Lilith, salí disparado hacia la puerta del restaurante. Cuando una camarera se acercó para ver si necesitaba una mesa, la aparté de mi camino y, sin dirigirle siquiera la palabra, continué hacia la salida.

Me recibió entonces un Fráncfort lluvioso, como tratando inútilmente de apagar el fuego que se había encendido en mi interior. Me puse la capucha del abrigo para protegerme de la borrasca y comencé a hurgar en los pantalones en busca de algo de dinero para comprar cigarros, esperando que unas caladas de nicotina apaciguaran la furia incontrolable que sentía en ese momento. Del bolsillo izquierdo del pantalón saqué un pañuelo usado de papel, un mechero y el estuche de los auriculares inalámbricos; del derecho, dos monedas de dos euros. Continué con el bolsillo interior del abrigo, donde normalmente guardaba mi cartera. Desafortunadamente, las prisas me habían jugado una mala pasada y había olvidado cogerla.

Lo único que hallé fueron las llaves del apartamento que compartía con Lilith. Todavía no había tenido ocasión de devolvérselas después de nuestra discusión. Me quedé por unos segundos observando las llaves y volví a echar un vistazo desde fuera a Lilith, que seguía sonriendo a su acompañante. Entonces, una extraña fuerza de la naturaleza se apoderó de mí. Agarré con fuerza las llaves y me puse a correr en dirección al apartamento. Todo lo que había pasado en las últimas semanas iba dando vueltas en mi cabeza mientras esquivaba gente, giraba en las esquinas y saltaba semáforos en rojo.

En apenas unos minutos llegué, completamente empapado, al apartamento. Subiendo las escaleras, me di de bruces con Carsten, que, de nuevo con una sonrisa de oreja a oreja, se dirigió hacia mi

—¡Alpiel! Amigo mío, ¿cómo te va?

Sin mediar palabra, lo empujé contra la pared y puse el brazo izquierdo sobre su cuello. Me acerqué a su cara, visiblemente asustada, y le susurré:

—¿No te ha quedado claro que no me gustas, pedazo de mierda? No me hables, no me saludes, ni siquiera vuelvas a mirarme. ¿Has entendido? —le dije para, acto seguido, soltar su cuello y seguir con mi camino.

Abrí la puerta del apartamento y me dirigí al salón. Todo estaba como lo recordaba. Apenas habían pasado unos días desde que había decidido irme. Sin tiempo para pensar, cogí un fajo de exámenes por corregir que Lilith había dejado encima de la mesa, saqué el mechero de mi bolsillo y dejé que el fuego hiciera el resto. Cuando la llama adquirió cierta relevancia, lancé los papeles al sofá. Entonces, un pitido ensordecedor proveniente del techo casi revienta mis oídos. Había olvidado desconectar el maldito detector de humo. Por suerte, actué rápido. Alcancé una silla, me subí y lo desconecté en apenas unos segundos, esperando que mi pronta respuesta hubiera evitado que algún vecino lo escuchara. Cuando me bajé de la silla, noté algo diferente en la estantería donde guardábamos los libros: uno sobresalía hacia fuera. Era el álbum de fotos que le había regalado a Lilith. Dentro había una colección de momentos inolvidables. Nuestros viajes por Cebu, Manila, Palawan, Malapascua, Vigan City.

Repasé por unos segundos las fotos, recordando los felices momentos que habíamos compartido, y entendí que Lilith todavía seguía pensando en nosotros. Justo en ese momento, un fuerte chasquido sonó a mi espalda. Era el sonido de la crepitación de la madera del sofá. La parte izquierda había comenzado a arder. Sentí entonces un enorme arrepentimiento de mis actos y traté de buscar una solución. Cogí las dos mantas de lana que había en el extremo derecho del sofá, me apresuré a mojarlas en la ducha y las lancé sobre el fuego. Por suerte, las llamas no se habían extendido, así que, tras varios intentos, conseguí extinguir el fuego por completo.

Me dirigí al restaurante de nuevo, con un sentimiento de culpa abrumador después de todas las tonterías que había hecho en los últimos días y dispuesto a contarle toda la verdad a Lilith. Quería quitarme ese sentimiento de encima, que ella decidiera que hacer con lo nuestro, pero solo tras conocer la verdad. Una verdad que no me había dejado ver la realidad. Estaba preparado para aceptar su rechazo e incluso para recibir la noticia de que estaba con otro. Lo más importante era que la verdad saliera a la luz.

Al entrar al restaurante, me sorprendió no ver al joven calvo con el que Lilith comía minutos atrás. Caminé con paso firme hacia su mesa y me senté en la silla vacía. Tras su desconcierto inicial, me preguntó:

—¿Qué carajo haces aquí? Te dije que, si te marchabas, esto se acababa —dijo Lilith levantándose de su silla.

—Espera, Lilith, quiero explicarte algo. Solo serán cinco minutos. Solo te pido eso, cinco minutos. Por favor…

—Tienes cinco minutos —dijo mirando al reloj—. Comienza.

—Gracias. Por cierto, ¿había alguien sentado aquí contigo o estás sola?

—Estoy sola. Te quedan cuatro minutos y cincuenta segundos.

Me sorprendió su respuesta, pero decidí que no era el momento para discutir. Había venido a aclarar las cosas. Llamarla mentirosa no hubiera contribuido a mejorar el ambiente.

—De acuerdo, trataré de ir al grano. Como sabes, las cosas entre nosotros no habían ido bien por bastante tiempo. Teníamos muchas peleas y discusiones absurdas. Sin embargo, mis sentimientos se mantenían intactos. Seguía creyendo que eras la mujer de mi vida.

—Te quedan cuatro minutos —dijo Lilith sin cambiar un ápice su gesto serio.

—Tras la muerte del recepcionista y al enterarme de que habías estado en el hospital tan solo unos momentos antes, comencé a tener dudas sobre si estabas implicada. Sé que me equivoqué, que solo querías arreglar las cosas para que ninguno de los dos tuviera problemas con la policía, pero en esos momentos no pensé con claridad. Y no lo hice en parte por las pesadillas que, como bien sabes, comencé a tener…

El sonido de llamada entrante del móvil de Lilith interrumpió mi *speech*. Lilith miró la pantalla y colgó.

—Lo siento, continúa.

—Es difícil explicar esto si no lo has vivido…

—Tres minutos —dijo Lilith tras mirar de nuevo el reloj.

—Lilith, esas pesadillas eran de lo más real. Una especie de demonio me atacaba y me iba dejando cada vez más débil.

—¿Un demonio? Ajá…

—Sí, sé que suena a fantasía, y sabes perfectamente que yo no creo en todas esas bobadas, pero esto es distinto. El caso es que la única persona que pudo ayudarme fue la tal Madame Barbosa, pero de algún modo me hizo ver que ese demonio y tú podíais ser la misma persona.

—Vaya, esta sí que es buena. Me habían insultado de muchas maneras, pero esta es verdaderamente sutil. Así que yo soy el demonio que se encargó de cargarse nuestra relación. ¿No hay insultos posibles en este mundo, que te has tenido que ir al terreno sobrenatural? Alpiel, si esta es tu manera de arreglar las cosas, creo que podrías haberlas dejado como estaban.

—No lo has entendido, no es así. De hecho, poco después descubrí que yo también podría ser un demonio…

—Ya veo. O sea, que ambos somos demonios. Interesante teoría. —En ese momento el teléfono volvió a sonar y Lilith decidió cogerlo—. Perdona que interrumpa tu historia de ángeles y demonios, pero es la quinta llamada que tengo de Carsten.

En ese momento, recordé mi último encuentro con el idiota de mi vecino. Tras mi lamentable exposición de los hechos, lo último que me faltaba para que Lilith me mandara definitivamente a la mierda era que el bueno de Carsten dijera que le había agredido.

De pronto la cara de Lilith cambió por completo.

—¿Qué? No puede ser. ¿Estás completamente seguro? —preguntó Lilith totalmente pálida—. Sí, estoy ahora mismo con él. ¡Ahora mismo vamos! —dijo colgando el teléfono.

Lilith me miró a los ojos y yo suspiré hondo sabiendo la que se venía encima.

—Tenemos que irnos. Coge tu abrigo, voy a llamar un Uber —dijo Lilith cariacontecida y poniéndose su kufiya roja alrededor del cuello.

—No entiendo. ¿Qué ha pasado?

—Carsten dice que la policía y los bomberos han cortado nuestra calle. Nuestro apartamento está en llamas.

—Lilith, antes de irnos, hay algo que debes saber…

16

Mi Uber había salido cinco minutos después que el de Lilith. La noticia de que yo había iniciado un fuego en la casa poco antes había propiciado un cachetazo y varios empujones por su parte. Mis explicaciones tratando de asegurarle que el fuego estaba completamente extinguido tras mi marcha no sirvieron para mucho. Decidió coger el Uber ella sola, así que yo pedí otro al poco rato.

No alcanzaba a entender qué había pasado. Estaba completamente seguro de que no había rastros de fuego activo antes de haberme marchado. Además, había dejado las mantas mojadas encima del sofá, lo cual dificultaría aún más que algún pequeño fuego se hubiera reiniciado en esa zona. Pero, de todas formas, no había manera de estar seguro al cien por cien. Al fin y al cabo, esta era la primera vez que intentaba quemar un inmueble en mi vida, así que carecía de cualquier experiencia al respecto.

Al llegar a la calle del apartamento, el conductor del Uber me indicó que no podía avanzar más, así que le agradecí el servicio y caminé el resto del trayecto hasta donde el cordón policial se encontraba. Alcé la vista y comprobé que era cierto. Tenía alguna esperanza de que todo fuera un error, de que el incendio no fuera de gran magnitud, que quizá todo fuera parte de una de mis pesadillas, pero no. Las llamas salían por la terraza de nuestra vivienda y los bomberos trataban de paliar el fuego a manguerazos desde abajo. Dentro del cordón policial pude distinguir algunos vecinos: la señora mayor del tercero, la rubia que se creía modelo de pasarela del segundo, la pareja de abuelitos del ático y, justo detrás de ellos, alcancé a ver a Carsten y Beatrix. Ambos charlaban con Lilith, que lloraba desconsolada.

—Soy el residente del piso afectado —le dije a la policía.

—¿Puede enseñarme su identificación?

—Aquí la tiene —dije señalando la dirección de mi documento de identidad.

—Adelante. ¿Ve a aquellos agentes que están hablando con los vecinos? Diríjase a ellos, mis compañeros le informarán más en detalle.

Al acercarme a los vecinos, todos comenzaron a mirarme de una manera bastante extraña. Imaginé que Carsten habría ido esparciendo la noticia de nuestro encontronazo y, dada mi aparente enajenación del momento, lo lógico es que supusieran que yo tenía algo que ver con el incendio. No podía culparles por ello. Al fin y al cabo, quizá tuvieran razón.

Cuando me acerqué a Lilith, esta se giró y su cara adquirió un color rojizo parecido al fruto de la granada. Comenzó a caminar hacia mí completamente fuera de sí.

—¿Qué coño haces aquí? —me increpó.

—Este también era mi apartamento hasta hace dos días, Lilith.

—Era tu apartamento, exacto. ¡Y tú le has prendido fuego, maldito loco! ¡Te lo has cargado todo!

Los gritos de Lilith alertaron a la policía, que se dirigió hacia nosotros.

—¿Está todo bien? —preguntó un policía de aspecto fornido y con gesto serio.

—Pregúntele a él. ¡Pregúntele a este maldito psicópata, el responsable del incendio! ¡Todas mis cosas perdidas! ¡TODAS!—dijo Lilith golpeando mi pecho con las manos.

El policía intervino entonces separando a Lilith y tranquilizándola.

—Es mejor que se calme, señora. Quizá le venga bien caminar un poco. ¿Por qué no se da una vuelta mientras hablo con el señor acerca de lo sucedido?

Lilith, que seguía llorando desconsolada, asintió con la cabeza y comenzó a caminar en dirección opuesta.

—¿A qué se refería la señora? —interpeló el policía.

—Oh, no le haga caso. Ayer mismo lo dejamos y creo que no se lo ha tomado del todo bien —dije tratando de parecer convincente.

—Entiendo. ¿Dónde estaba usted cuando se originó el incendio?

—De hecho, estaba con mi pareja, bueno, con mi expareja, cuando nos enteramos de que el apartamento estaba en llamas.

—¿Y por qué no han llegado juntos?

—Ya le dije que no se había tomado bien nuestra ruptura.

—Un vecino dice que le vio dirigiéndose a su apartamento apenas cuarenta y cinco minutos antes de que los bomberos recibieran la llamada de que había un incendio. También dice que estaba usted completamente fuera de sí, que incluso intentó agredirle.

Ya que habíamos entrado en la vorágine de la mentira, no tuve otro remedio que continuar por ese sendero.

—Fui a recoger parte de mis pertenencias. En cuanto al vecino, imagino que se refiere a Carsten. Nunca nos hemos llevado bien y hemos discutido en muchas ocasiones. Esta fue una más, pero hablar de agresiones me parece un poco exagerado. Como podrá entender, no estaba de mi mejor ánimo después de discutir con mi expareja, así que sí, es cierto que tuve un breve encontronazo con él y quizá lo aparté con el brazo, pero eso es todo.

Un grito proveniente de los transeúntes que se habían parado a observar las desgracias ajenas interrumpió nuestra conversación.

—¡Hay una mujer allí arriba! —gritaba señalando nuestra terraza.

Todos los ojos se dirigieron hacia la terraza, pero nadie alcanzó a observar nada. Algo se encendió en mí.

Comencé a buscar a Lilith con la mirada, pero no había rastro de ella. Mientras el policía buscaba otro ángulo para ver la terraza y dialogaba con un bombero, aproveché para acercarme a la muchedumbre que se apelotonaba para ver cómo ardían nuestras pertenencias.

—¿Quién ha visto a una mujer? ¿Dónde está el que ha gritado? —pregunté nervioso con voz alta.

Unos se miraban a otros y se encogían de brazos. Nadie parecía poder identificar a la desconocida voz que había gritado segundos antes.

Corrí con premura hacia los vecinos que, al igual que la policía y parte de los bomberos, seguían tratando de detectar algún movimiento en la terraza.

—¿Habéis visto a Lilith? —pregunté con la respiración entrecortada.

—Estaba justo allí hace unos minutos —dijo la señora del tercero señalando la puerta de entrada a nuestro edificio.

—Es cierto —dijo la rubia del segundo.

Al dirigir la mirada hacia la puerta del edificio, mi corazón dio un vuelco. La kufiya que le había regalado a Lilith por su cumpleaños colgaba del pomo de la puerta.

Sin pensarlo dos veces, salí corriendo hacia el edificio, cogí el pañuelo palestino para taparme la boca y la nariz y abrí la puerta. Los bomberos y policías trataron de salir al paso, pero desistieron cuando se aproximaron al primer piso y el humo se hizo más intenso. Si Lilith estaba allí arriba, era muy posiblemente culpa mía, así que salvarla era mi única opción de redimirme.

La puerta estaba abierta y el fuego todavía no había alcanzado esa zona, así que me adentré en la boca del lobo. El calor dentro era infernal y, a pesar de que la kufiya me protegía un poco del humo, sabía perfectamente que no tenía mucho tiempo hasta que mis vías respiratorias dijeran basta. Comencé a gritar su nombre frenéticamente, hasta que de repente me pareció escuchar algo proveniente de la terraza. El calor y las llamas en esa zona eran incluso más contundentes que en la entrada, así que, tras casi echar los pulmones por la boca entre tosidos, conseguí acercarme a apenas unos metros.

Entonces la vi. La figura de una mujer en la terraza. Con un último esfuerzo, salté el sofá en llamas y me dirigí a salvar a Lilith. Desafortunadamente, al llegar a las proximidades de la terraza fui consciente de algo. Mi oxígeno no iba a permitirme salir de allí con vida. Así que mi único objetivo ahora era ver la cara de Lilith una vez más. Acompañarla, al menos, en el final. Traté de apartar una madera que me impedía el paso, pero una llamarada de fuego la alcanzó y comenzó a arder, y con ella mis manos.

El indescriptible dolor hizo que me cayera de espaldas. Con mi último aliento, busqué la manera de hacerle ver a Lilith que no estaba sola. Entonces, la madera se partió en dos y pude ver la terraza. Una mujer rubia, con un vestido rojo con corte en la rodilla izquierda, se acercaba hacia mí sonriendo. Caminaba sobre las llamas sin síntoma alguno de dolor. Me froté los ojos con el brazo derecho, ya que mis manos estaban en carne viva, pero no era ningún sueño. El súcubo se agachó, me acarició la mejilla y me besó.

Querido lector,

Si te gustó la novela, me harías un gran favor si escribieras una reseña en Amazon o Goodreads. Autopublicarse no es fácil, así que cuento con vuestro granito de arena para llegar a más gente. También podéis encontrar más información sobre mis nuevos proyectos en:

www.ivanfernandezsanchez.com

¡Gracias!

Printed in Poland
by Amazon Fulfillment
Poland Sp. z o.o., Wrocław

31292171R00125